Von sinkenden Schiffen
Eine Retrospektive

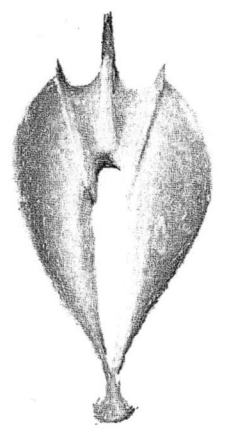

Reinhard Rudolf Boso

Von sinkenden Schiffen

Eine Retrospektive

Bei BoD von Reinhard Rudolf Boso außerdem lieferbar:
Blickkontakt, Wissenschaftsroman, © 2014
ISBN 9783735780713

Die Deutsche Nationalbibliothek verzeichnet diese Publikation in
der Deutschen Nationalbibliografie; detaillierte bibliografische Daten
sind im Internet über http://dnb.dnb.de abrufbar.

Herstellung und Verlag: BoD – Books on Demand, Norderstedt

ISBN: 978-3-7357-8161-1

Den Frauen gegenüber
darf man nie die Nerven verlieren.

Die Frauen sind alle sinkende Schiffe,
sagt der Papa, und wir ihre Kapitäne.

Ob wir sie dann auch als letzte
verlassen müssen,
hab' ich ihn einmal gefragt.

Da ist er ganz ernst geworden:

Immer verlassen die Frauen uns.

Immer.

Das wirst du noch lernen.

(Andre Heller[1])

Inhalt

Vorwort

In einem Traum sagte einmal ein Mädchen zu mir, dass es nicht die Zeit ist, die alle Wunden heilt, sondern die Liebe. Dies war wohl die Quintessenz meines bisherigen Lebens, wobei sich das Phänomen Zeit von einer linearen zu einer eher epochalen Betrachtungsebene verschoben und sich die Liebe von einem persönlichen zu einem allumfassenden Phänomen gewandelt hatte.

Mit dem Schreiben verband ich immer die Hoffnung, kreisende Gedanken einzufangen und gewissermaßen hinter einem Buchumschlag einzusperren. Dieser Versuch scheiterte meist kläglich. Übrig blieb stattdessen oft eine Leere, die das Chaos geradezu anzog.

Chronologisch betrachtet, schöpften meine ersten Geschichten und Abhandlungen noch aus dem christlichen Glaubensgut und rutschten dann, nach dem Tod einer lieben Freundin, ins nihilistische Lager ab. Jetzt, da ich aufgehört habe zu schreiben, hätten sie vermutlich einen tautologischen oder phänomenologischen Einschlag.

Somit ist auch der Grund dieser Retrospektive angedeutet. Zuviel wurde schon über Liebe, Tod und dergleichen geschrieben, dass es mittlerweile ein sinnloses Unterfangen geworden ist, etwas Neues anzuhängen. Es bleibt ein stummes Klagen.

Ja, und meine Heldenträume werden langsam schwach.

I.

WIR LEBEN NOCH

Ich hab zum Sterben kein Talent
und hab fürs Leben kein Gefühl
Mir fehlt ein gutes Argument
um das zu wollen, was ich will

Ich hab zum Sterben kein Talent
und bin fürs Leben kaum begabt
Auch wenn's im Innern manchmal brennt
Ich hab noch nichts von mir gehabt

(Konstantin Wecker)

Du und der Schmetterling

Du sahst ihn oft umherflattern, diesen Schmetterling. Aber eines Tages blieb ein Tropfen Honig an dir kleben und der Schmetterling flatterte immer näher heran, denn der süße, verführerische Duft dieses Honigs lockte ihn an.

In einem Augenblick, da du es nicht merktest, tastete er seine Fühler nach dem Honig und er erschrak, als er daran kleben blieb. Er wollte sich mit seinen Beinen abstoßen, um sich aus dieser peinlichen Lage zu befreien, tappte aber auch mit ihnen in den Honig und sank immer tiefer.

Jetzt erst bemerktest du ihn. „Ach, schau, ein Schmetterling hat sich an mir verfangen", sagtest du mit einem mitleidenden Ton in deiner Stimme. „Schau nur, wie zart und zerbrechlich er ist", bekam der Schmetterling zu hören, als du versuchtest seine zwei hauchdünnen Flügel mit dem Daumen und dem Zeigefinger in der Senkrechten zu erwischen. „Warum bist Du nur so stürmisch und flatterst so heftig?", fragtest du ihn, „So tue ich Dir ja noch weh!, ergänztest du etwas verbittert.

Da der Schmetterling diese Worte nicht ernst zu nehmen schien, wurdest du immer zorniger, zupftest einmal an dem und dann wieder am anderen Flügel und obwohl du sehr wohl spürtest, wie weh ihm das tun musste, versuchtest du ihn trotzdem so schmerzfrei wie möglich von dir zu entfernen. Der Schmetterling machte es dir ja auch nicht gerade leicht, klebte schon vom ängstlichen Strampeln am ganzen Körper von deinem Honig und wehrte sich mit all seinen Kräften.

Da kam dir eine Idee: Du nahmst ein scharfes Messer und kratztest den Honig samt dem Schmetterling von dir herunter, legtest ihn auf das Fensterbrett und sagtest: „Flieg!"

Die Nacht war kalt, der Schmetterling zitterte am ganzen Körper und hätte diese eisige Nacht beinahe nicht überlebt. Am nächsten Morgen weckten ihn die ersten Sonnenstrahlen; er wollte auf, wollte fliegen und merkte, dass er auf dem Fensterbrett kleben blieb. Langsam begann er nun mit seinem Rüssel überall den Honig aufzulecken.

Nach einigen Tagen war er soweit, dass er doch schon einige Schritte gehen konnte, aber ans Fliegen, nein, daran musste er noch lange nicht denken. Auf seinen zarten Flügeln waren nämlich deine Fingerabdrücke so tief hineingepresst, dass es womöglich noch lange dauern würde, bis sie von neuen Schuppen überwachsen sind.

Sei gewiss, der Schmetterling wird sich hüten, noch einmal dem süßen, verführerischen Duft deines Honigs zu verfallen. Nächstes Mal wird er sich vielleicht mit einer kleinen, im Sonnenschein in allen Farben glänzenden, Schweißperle auf deinem Handrücken zufrieden geben. Er wird ganz ängstlich zur Landung ansetzen, vorsichtig seine Fühler suchend ausstrecken und bei der kleinsten Bewegung von dir davon flattern.

Irgendwo auf einer blühenden Wiese wird er sich auf die schönste aller Blumen niederlassen und sich für einen Augenblick darüber ärgern, warum er denn nicht als Hummel auf die Welt gekommen ist. Da hätte er damals zurückstechen können.

Und du - du hättest ihn dann bestimmt erschlagen. Also war er doch froh als Schmetterling geboren zu sein, dankte Gott dafür und flatterte weiter.

Sag mir doch, wo Suzanne ist

Es war nicht eine jener Treibhausrosen, die mittels der modernen Chemie innerhalb kürzester Zeit zum Blühen gezwungen werden und dies mit dem Hängenlassen des Blütenkopfes am zweiten Tag in der Vase rächen, sondern es war eine, die vor einer viertel Stunde noch im Garten des Nachbars, der wohlwissentlich nicht zu Hause war, fröhlich in die Sonne gelacht hatte. Dafür, dass er diesem älteren Herrn ab und zu eine Fuhre Kompost für seinen Dschungel im Garten vor sein Haus führte, dachte er, muss schon hin und wieder eine kleine rote Rose rausschauen.

Er klopfte vier Mal schnell hintereinander an ihre Türe. Das war ihr Zeichen - vier Mal schnell hintereinander - da wusste sie, wer vor der Türe wartete. Ein Fremder sucht nämlich zuerst verzweifelt eine Glocke und wenn er dann feststellen muss, dass nirgends so ein kleiner runder Knopf zu finden ist, dann klopft er gewöhnlich zwei oder drei Mal hintereinander, aber vier Mal, das kommt schon eher selten vor. Wahrscheinlich hatte sie es nicht gehört. Er klopfte noch einmal, aber dieses Mal mit einem stärkeren Anschlag. Es rührte sich nichts. Mario setzte sich auf die kalte Stiege, die ein Konglomeratgestein nachahmen sollte und legte die Rose vor sich hin.

Da fiel ihm der Botaniker Carl von Linne ein, der sich im 18. Jahrhundert intensiv mit Blumen beschäftigt hatte und das Sexualleben dieser Ordnung aufs Korn nahm. Wir bilden uns ein, hieß es da in einem Buch, durch die Blumen zu reden, aber wissen meist nicht einmal was sie sagen: Blüten sind Geschlechtsorgane, die mit leuchtenden Farben, raffinierten Formen und verlockenden Düften unverblümt zum Geschlechtsverkehr animieren. Jeder Kelch eine Peep-Show.

Ob sie auch schon etwas von diesem Linne gehört hat? Was müsste sie dann über ihn denken, wenn sie der Sprache der Blumen mächtig war? Darauf wollte er es nicht ankommen lassen, und es kam ihm grad recht, dass ein kleines Mädchen die Stiegen heraufkam. „Weißt du nicht, wo Suzanne ist?", fragte er sie. Das Mädchen schüttelte ihren Kopf und Mario gab ihr mit gutem Gewissen die rote Rose, da sie noch kaum in die Schule ging und sicher nichts von der Blumensprache gehört haben konnte. Sie freute sich darüber, sah ihn mit großen Augen an und rannte schnell die restlichen Stiegen hinauf zu ihrer Haustüre. Jetzt musste er selbst den Kopf schütteln und über sein kindisches Verhalten schmunzeln. „Nicht zu Hause", sagte er vor sich hin, stand auf, ging die zwei Stockwerke hinunter und trat unter einen herrlich blauen Himmel, der von Dachgiebeln eingezwängt wurde.

„Ciao Mario!", rief ein Mädchen aus einem kleinen Fenster auf der gegenüberliegenden Gassenseite. „Come sta, signorina?", erkundigte er sich über ihr befinden. „Sto cosi cosi!", rief sie in die enge Gasse hinunter und zuckte dabei einige Male mit ihren Schultern. Mario winkte ihr zu und spazierte diese enge Gasse, die von weiß gekalkten Häusern begrenzt wurde und in der kaum drei Personen nebeneinander Platz hatten, hinunter. Sie führte direkt zum Strand. Schon nach einigen Schritten gab sie den Blick auf einen schmalen Streifen des blauen Meeres frei.

Hier in diesen schmalen Gassen, wo jeder froh wäre, wenn ihm Ariadne, wie einst ihrem geliebten Theseus, einen Wollknäuel mitgegeben hätte, den er am Beginn dieses Labyrinths festbinden hätte können und der ihn dann wieder ins Freie geführte hätte, hier war er aufgewachsen. Auf diesen gepflasterten Gassen, in denen es nach frischen Fischen, eingemachten Oliven und allerhand südländischen Speisen roch, saß er oft und spielte seine ersten Lieder. Die Mädchen des Dorfes versteckten sich dann meistens in den dunklen Hauseingängen, um ja nicht gesehen zu werden, wenn sie ihm zuhörten. Die Mutigeren unter ihnen setzten sich zu ihm und hörten seine Lieder aus der Nähe.

„Mario, du wirst einmal ein berühmter Sänger!", sagte ihm Papa Francesco vor vielen Jahren und klopfte ihm auf die Schultern. Daran erinnerte er sich immer wieder, wenn er zwischen einer Tournee oder nach einem Konzert durch die Gassen seiner Jugendzeit spazierte.

Suzanne, die er eben besuchen wollte, kannte er schon so lange, dass er nicht mehr zu sagen vermochte, wo und wie diese Freundschaft begonnen hatte. In der Schule saßen sie schon nebeneinander, erinnerte er sich gerade. Dort war die einzig legitime Art, mit einem Mädchen körperlichen Kontakt zu haben, ihr eine runterzuhauen. Dafür wurde man seitens der Schulkollegen gelobt und auch die Lehrer pflegten zu sagen, man dürfe sich nicht alles gefallen lassen. Oft aber wäre er gerne durch ihre langen, dunklen Haare gefahren oder hätte ihr am liebsten einen Kuss gegeben, und das meistens während einer langweiligen Unterrichtsstunde. Er schickte ihr dann kleine Liebesbriefe und schrieb dafür auch periodisch seitenweise Strafen, wenn sie in die Hand eines Lehrers gerieten.

Später, als er das Dorf verließ, um in der großen Stadt zu studieren, versprachen sie einander, immer treu zu sein. Unten am Strand, er erinnerte sich noch als wäre es gestern gewesen, schenkten sie einander an einem herrlichen Sommerabend gegenseitig einen Ring, um an diesen Vorsatz immer wieder erinnert zu werden. Sie hielten ihr Versprechen die ganzen Jahre der Trennung und wollten diesen Sommer sowohl den weltlichen als auch den geistlichen Segen für ihre gemeinsame Zukunft einholen.

„Mario! Mario!", kam Mama Lucia mit ihren Händen die Luft zerschlagend auf ihn zu. „Suzanne accidente!", schrie sie und fuchtelte immer noch mit ihren Armen. Er hielt sie an ihren Schultern, um sie ein bisschen zu beruhigen und sagte: „Sag' mir doch, wo Suzanne ist!" Mario hörte immer nur etwas von Unfall und Krankenhaus. So schnell er konnte fuhr er auf diesen kleinen Berg, von dem Mama Lucia sprach, auf dessen Anhöhe das nächstgelegene Krankenhaus stand. Dort sprach gerade ein Arzt mit ihren Eltern, als er dazukam: „... wir haben jetzt unser Möglichstes getan, aber ich muss ihnen auf Grund der starken inneren Verletzungen ganz ehrlich sagen, dass kaum mehr Chancen bestehen ..."

„Kaum mehr Chancen", wiederholte sich immer wieder in seinem Gehirn. Als der Arzt ging, teilten ihm ihre Eltern mit, dass Suzanne von einem Auto angefahren wurde, als sie nach Hause gehen wollte.

Mario glaubte es einfach nicht, er konnte es nicht glauben. Solche Grenzsituationen führten bei ihm meistens zu einem totalen Realitätsverlust. Er hatte dann die größten Schwierigkeiten mit der vierten Dimension, die ja an seinem linken Handgelenk gemessen wurde, klarzukommen.

Die ersten drei Dimensionen hatten gerade noch Platz in seinem Gehirn: Länge, Breite und Höhe, die Vorstellung eines Raumes also, aber die vierte, die Zeit, konnte er dann nicht mehr diesen ersten drei nachordnen. Selbst die klügsten Physiker, Philosophen etc. könnten ihm nicht erklären, woher die Zeit kommt oder wohin sie geht, sie wissen auch nur, dass sie vergeht. Gestern hat sie noch gelacht - in einer Stunde wird sie nicht mehr leben.

Mario setzte sich auf einen Sessel, der im Korridor stand. Jetzt in der Lage sein, dachte er sich, zu sagen: „Sie schläft nur, ihr Ungläubigen, steh' auf!", so wie es damals Jesus gemacht hatte, als man ihn zu einem Mädchen gebracht hatte, welches kurz zuvor gestorben war. Sie mit der Hand berühren und sagen: „Steh' auf ..."

Da hilft der ganze Glaube nichts - sie wird nicht aufstehen, niemals - ich bin nicht Jesus. Das Christentum ist ein Glaube für Schwache und Ausgestoßene. Wer glaubt denn tatsächlich noch an diese Geschichten aus der Bibel. Ja, erst wenn es ihnen schlecht geht, wenn sie ganz unten sind, beginnen sie an diese fantastischen Geschichten, an Wunder, zu glauben. Erst wenn es ihnen schlecht geht, hoffen sie, dass es stimmt mit dem Reich Gottes, welches dieser Jesus da verkündet hatte;

dass sie dann für ihre Schmerzen und ihre Trauer mit dem ewigen Leben belohnt würden.

Aber jetzt fühlte er sich eher wie ein Jünger von Jesus, der daran geglaubt hat, dass ihm dieser Jesus die Erlösung bringt, und der nun vor dem Kreuz steht, hinaufblickt und zusehen muss, wie all seine Hoffnungen sterben. Wäre Jesus nicht nach drei Tagen auferstanden - er hätte seinen Glauben verlieren müssen, er hätte überhaupt nichts mehr verstanden. Aber sie, nein sie wird nicht nach drei Tagen plötzlich vor meiner Haustüre stehen, mich anlächeln und sagen: „Ich habe dir doch versprochen, immer bei dir zu bleiben ...“

Wenn schon nicht Jesus, dann müsste man Orpheus sein. Dieser griechische Sänger, dem man nachsagte, er könne selbst Steine zum Weinen bringen, der Wind und das Meer würden schweigen bei seinem Gesang und selbst die wilden Tiere strömten herbei, um seinem Spiel zu lauschen. Ja, Sänger war er auch. Ein sehr bekannter sogar. Steine brachte er zwar nie zum Weinen, wohl aber dutzende verliebte Teenager, wilde Tiere strömten auch keine herbei, wohl aber jede Sorte von Menschen, die man sich nur vorstellen konnte, der Wind und das Meer schwiegen auch nicht immer bei seinen Livekonzerten, wohl aber seine Fans, wenn er eines seiner Liebeslieder anstimmte. Es war ihm lieber, wenn zwei Drittel seiner Konzertbesucher einschliefen, als dass sie sich in einer Massenhysterie die Köpfe einschlugen.

Diese Gegend kannte er doch, natürlich, wenn man den Strand entlang spaziert, führt ein kleiner Weg in einen Wald. Noch nie war er hier abgezweigt, aber jetzt befand er sich auf diesem Weg. Auch seine beste Gitarre hatte er umgehängt, obwohl er sie nur auf Konzerte mitnahm. Mario ging weiter und kam zu einem Fluss. Von weitem sah er schon einen Fährmann, der am Ufer saß. Das ist doch der Fährmann aus der Erzählung Siddharta, wie hieß er doch gleich - Vasudeva oder so ähnlich. Der Fährmann lächelte in freundlich an, sprach aber kein Wort und führte Mario ans andere Ufer des Flusses.

Orpheus selbst, kam ihm plötzlich in den Sinn, war schon auf dieser Fähre hinübergeführt worden, als er Hades, den Gott der Unterwelt, und seine Gemahlin Persephone bitten wollte, seine plötzlich an einem Schlangenbiss verstorbene Frau Eurydike wieder hinauf in das Reich seines Bruders Zeus mitzunehmen.

Am anderen Ufer angelangt, wurde ihm immer mehr zur Gewissheit, soeben den Todesfluss Styx, wie die alten Griechen die Grenze zur Unterwelt benannten, überquert zu haben. In einem hatten sie sich aber geirrt: Er betrat zwar einen Tunnel, aber dieser führte nicht hinunter in das Reich der Toten, sondern er sah oben ein Licht. In einem U-Bahnschacht gleichen Ausmaßes würde man über das Echo der eigenen Schritte erschrecken, aber hier war es still - er hörte überhaupt nichts.

Am Ende des Tunnels angelangt, sah er zwei leuchtende Gestalten. Hades und Persephone? Gott und Jesus? Er konnte keine Gesichter erkennen.

„Noch nie hat ein Lebender das Reich der Toten betreten, was willst du?", sprach eine Stimme. „Sag mir doch, wo Suzanne ist!", forderte Mario den Unbekannten auf, „ich will dich bitten, sie mir zurückzugeben.

Meine Liebe ist so unbeschreiblich groß, und so vieles hätten wir noch vor uns!" Jetzt begriff er, warum Orpheus damals zu seiner Leier griff, denn mit Worten konnte er diesen Unbekannten nicht von seiner Liebe überzeugen. Also nahm er seine Gitarre und spielte sein schönstes Liebeslied, das er einmal für Suzanne geschrieben hatte. Und dieses Mal schien es wirklich, als weinten die Steine, aber es waren die Tränen des zweiten Wesens, die auf den Boden tropften.

„Du hast uns von deiner Liebe überzeugt und wir wollen dir eine Chance geben", sprach wieder die Stimme. Jemand führte Suzanne herein. „Halt - warte - Du kannst sie mitnehmen, aber nur unter der Voraussetzung, dass du dich nicht umdrehst, ehe du das Reich der Toten verlassen hast. Ansonsten ist sie dir für immer entschwunden!"

Mario wusste, dass sich Orpheus kurz vor dem Ausgang, als er keine Schritte der Geliebten mehr hörte, umdrehte, um zu sehen, was geschehen war, und dass er sie dann verlor. „Nur nicht umdrehen", dachte sich Mario, „unter keinen Umständen!" Aber schon nach einigen Schritten hörte er nichts mehr von ihr. Weitergehen - da vorne ist bereits der Ausgang - weitergehen - nicht stehen bleiben - aber er hielt die Ungewissheit nicht aus und drehte sich um, um zu sehen, was geschehen war. Langsam verschwand sie vor seinen Augen, bis sie vom hellen Licht weggeleuchtet wurde.

Der Fährmann führte ihn wieder ans andere Ufer. Mario setzte sich auf einen großen Stein und sprach folgendes:

„Es war nicht gut, dass du mich bis an die Türe deines Reiches gelassen hast. Ich weiß nicht, was du damit bezwecken wolltest, aber sei gewiss, ich bin nicht so stark wie Hiob oder Jesus. Es zündet doch keiner ein Licht an, um es dann abzudecken! Dein Fährmann am Fluss hat mir erklärt, er würde mich erst wieder hinüberführen, wenn meine Zeit gekommen sei. Weißt du, dass ich auf deinen Fährmann pfeife. Wenn es mir hier zu heiß wird, dann springe ich selbst ins kalte Wasser und schwimme ans andere Ufer!"

Danach ging er diesen schmalen Weg durch den Wald zurück. Er trat gerade aus dem Wald, als ihn ein helles Licht blendete, heller als die Sonne - eine Halogenlampe in der Ambulanz des Hospitals.

„Du bist bewusstlos zusammengebrochen, Mario, also ich dir sagte, Suzanne sei soeben gestorben", hörte er jemanden sagen, „aber bleib' nur liegen, es wird schon alles wieder gut!"

Auch aus dem tiefsten Tief heraus

I.

Die Tage wurden kürzer, die Schwalben zogen nach Süden und die Krähen kamen vom Osten. Wasser wurde hart, Grün wurde Braun - bis sich alles in Weiß verwandelte. In drei Tagen sollte bereits die zweite Kerze des Adventkranzes brennen.

Professor Brunelleschi unterrichtete Mathematik und Germanistik am Realgymnasium. Genauso südländisch wie sein Name klang, sah er auch aus: Dunkle, an den Schläfen schon gräulich verfärbte, leicht gelockte Haare, Augen, deren Iris nicht von der Pupille zu unterscheiden war - kurz gesagt, er konnte seinen Anteil an italienischem Blut, war doch der Großvater noch Architekt oder etwas Ähnliches in Florenz, nicht verleugnen.

Dies wollte er auch überhaupt nicht. Vor ungefähr fünfundzwanzig Jahren, als er noch ein kleiner Junge war, fand er nämlich sehr schnell heraus, dass diese dunklen Augen und seine ganzjährig braune Haut etwas Besonderes hier im Norden zu sein schienen, denn man schenkte ihm, ob in der Schule, in der Stadt oder auf dem Spielplatz immer mehr Aufmerksamkeit als den anderen Kindern. Damals konnte er sich nicht erklären, warum das so war - ihm war auch viel wichtiger, dass ihm dadurch keine Nachteile erwuchsen. Ja sogar im Gegenteil - meistens konnten die Erwachsenen diesen großen, dunklen Augen und dem natürlichen Lächeln, das er übrigens aus der Kindheit ins Erwachsenenleben hinüberretten konnte, nicht widerstehen.

So sah er aus - so kannte man ihn. Täglich, eine viertel Stunde vor Unterrichtsbeginn kam er durch den Hintereingang, der direkt auf den Parkplatz führte. In der linken Hand hielt er immer seinen schwarzen Aktenkoffer und in der Rechten die neueste Ausgabe der gleichen Tageszeitung und spazierte ohne Umwege ins Lehrerzimmer. Seine Kollegen im Konferenzzimmer schätzten ihn gleich wie der größte Teil seiner Schüler. Man sagte, dass er trotz des nötigen Ernstes auch immer für Späße jeglicher Art zu haben war. Besonders viel lag ihm an den Schülern der achten Klasse, deren Klassenvorstand er war und die in einigen Monaten für reif, dieses Wort mochte er nicht, erklärt werden sollten.

Früher freute man sich beim Anblick eines rotbackigen Apfels. Heute muss jeder sein Volumen mittels einer drei Seiten umfassenden Integralrechnung auf einige Kubikmillimeter berechnen können. Erste Stunde - Mathematik war angesagt.

Bevor es die Schüler der vordersten Reihe richtig realisieren konnten, saß Professor Brunelleschi bereits hinter dem Pult. Erst als das schwarze Rechteck seines aufgekippten Aktenkoffers seinen Oberkörper für längere Zeit verdeckte, und der Deckel ganz plötzlich mit einem lauten Knall, als wäre das große Bild hinter ihm, das den Bundespräsidenten mit seinem schönsten Lächeln zeigt, auf den Boden gefallen, auf das Pult donnerte, war es still. Mit einem kräftigen „Morgen!" nützte er die Schrecksekunde gekonnt aus. Nach der Wahrscheinlichkeitsrechnung müsste doch wenigstens ein Echo zurückkommen und die Mathematik gab ihm Recht. Irgendwo aus den letzten Reihen vernahm er sogar einige nicht weit hörbare „Morgen".

Enten, so sagt man, erkennen es am Piepsen ihrer Küken, wenn ihnen eines abgeht; ein Lehrer, der sich Namen sehr schlecht einprägen kann, erreicht das Gleiche mittels einer Schülerliste im Klassenbuch.

„Wer fehlt neben dir, Silvia?"

„Jacqueline", erwiderte diese ganz erschrocken auf die unerwartete Anrede. „Weiß jemand, was mit ihr los ist? Sie fehlt im heurigen Jahr schon auffallend oft und meistens in den ersten Stunden", sprach er fragend die ganze Klasse an. Es war, als ob ein kalter Motor nach einigen Startversuchen, anzuspringen schien. Überall regte sich etwas; da sagte einer etwas zum anderen; dort drehte sich eine um; hier flüsterte eine ihrer Banknachbarin etwas zu. In kürzester Zeit kam Bewegung in Klassenzimmer.

„Vielleicht wäre einer von euch so freundlich ..." Nein, er musste es mit einer direkten Anrede versuchen. „Silvia, was ist mit ihr los?", fragte er sie ganz ruhig, erhielt aber keine Antwort. Scheinbar war er der Einzige in diesem Raum, der es nicht wusste, und niemand hatte auch nur die geringsten Ambitionen, es ihm mitzuteilen. Er überging diese Situation und hielt eine Stunde, wie viele andere.

In der großen Pause legte er es darauf an, Silvia im langen Korridor über den Weg zu laufen. Er hatte Glück, sie schien damit gerechnet zu haben, dass er mit ihr reden wollte, denn sie stand am unteren Ende des Korridors, wo dieser in den Turnsaal führte.

„Sie wissen es wirklich nicht, Herr Professor?", fragte sie ihn mit einem misstrauischen Tonfall in ihrer Stimme noch ehe er ein Wort sagen konnte. Mit der Gegenfrage, was er denn wissen solle, gab er wieder ihr das Wort. „Na, wie sie ihr Geld verdient !" Er sagte nichts, schaute sie mit seinen dunklen Augen an und ahnte, was nun folgen würde. „Im Sommer hat sie ihre Mutter hinausgeschmissen, und seitdem weiß keiner, wo sie wohnt, und hier behaupten einige Jungs, sie hätten sie unten in der Hauptallee gesehen. Das haben sie wirklich nicht gewusst, Herr Professor?" Er schaute sie immer noch an, schien plötzlich, seinen Augenbewegungen nach zu schließen, etwas zu suchen, schaute sie wieder an und sagte „Nein". Dann drehte er sich um, blieb für einige Sekunden unentschlossen stehen, sagte „Danke" und ging.

II.

Zucker wurde zu Watte, Osterhasen wurden zu Weihnachtsmännern, Sauerampfer zu Glühwein, Stille Nacht zu Oh du Fröhliche, der Rathausplatz zum Christkindelmarkt. In wenigen Tagen sollte bereits die dritte Kerze des Adventkranzes brennen.

Es war kalt. Sie war die ganze Woche nicht zum Unterricht erschienen. Er musste mitten in diesem organisierten Menschenauflauf vor dem Rathaus an Jacqueline denken. Ob es stimmte, was ihm Silvia erzählte? Er wollte es einfach wissen - heute - jetzt. Es war bekannt, dass es auf der Hauptallee keine Jahreszeiten gab, sie standen immer da. Sicherheitshalber zog er doch das Auto vor. Man musste gerade als Lehrer immer die Freizeitbeschäftigungen einiger Schüler einkalkulieren; nicht auszudenken, wenn ihn da unten einer sehen würde.

Hier im Dunkeln schauten sie alle gleich aus. Die kniehohen Kunstlederstiefel in allen Farben und die daran anschließenden Seidenstrümpfe sah man durch halb geöffnete Pelzjacken und es schien, als würden diese, in allen Variationen wandelnden Schaufensterpuppen kein Ende mehr nehmen. Da stand sie - es gab keinen Zweifel, soeben war er an ihr vorübergefahren. Beinahe schwerelos mussten sich die großen, schönen, weißen Schneeflocken auch der Erdanziehungskraft ausliefern und wurden vom Salz auf der Straße aufgefressen!

Waren ihm wirklich diese verdammten Formeln wichtiger geworden als die persönliche Beziehung zu seinen Schülern? Warum war er denn Lehrer geworden, damals? Um es selbst einmal besser zu machen! ...? Wie oft wünschte er sich als Schüler, dass er einem Lehrer ehrlich sagen konnte, warum er vom Unterricht fern geblieben war. Aber es war ein sinnloses Unterfangen, ihnen begreiflich zu machen, dass er die ganz Nacht kein Auge zu machen konnte, weil er nachdachte über Gott, die Liebe und sich. Und heute ist er einer von jenen, die er damals ... Abgestumpft in den Jahren, den Idealismus der Trägheit preisgegeben. Wie konnte es sonst passieren, dass ihm das alles nicht aufgefallen war?

Auch das mit der Adresse stimmte. Sie wohnte wirklich nicht dort, wo sie laut Stammblattdaten eigentlich wohnen sollte. Wenn die meisten Menschen an den Feierabend denken, beginnt in der Hauptallee erst der Tag. Das wusste er, und sehr bald wusste er auch, dass sie in einem dieser Sozialbauten aus den Zwanzigerjahren zwischen Ring und Gürtel ein und aus ging. Er brauchte all diese Informationen für einen Gedanken, der im Moment zwar nur aus Fragmenten bestand, den er aber unbedingt auszuführen im Sinn hatte.

III.

Die Regale wurden leer, Kassen gingen über, Bäume wurden Schmuckstücke, Nächstenliebe wurde zu Einsamkeit, Gott zu Mensch. Heute brannte die vierte Kerze des Adventkranzes. Es war der Heilige Abend.

Er wusste es nicht genau, waren es erst fünfzehn Minuten oder schon eine halbe Stunde, die er vor dem Haus, in dem Jacqueline ihr Zimmer hatte, in der eisigen Kälte vor seinem Auto wartete. Es war ihm auch ganz gleich, als sich endlich die große Holztüre öffnete, und er ihr Gesicht im Halbdunkel erkennen konnte.

„Steig ein, Jacqueline", sagte er, während er die Beifahrertüre öffnete, um den Wagen ging, einstieg und den Motor startete. „Worauf wartest du noch?", fragte er sie durch die offene Türe der Beifahrerseite. Zögernd kam sie Schritt für Schritt näher. Sie hatte wohl nicht damit gerechnet, dass hier vor dem Haus jemand auf sie warten könnte. Was hatte sie denn noch zu verlieren, dachte sie und stieg ein.

„Herr Professor ...", begann sie und wurde sofort von ihm unterbrochen. „Ich heiße nicht Professor. Das ist ein Titel", und jetzt mischte sich eine Prise Zynismus in seine Stimme, „ein Titel, den mir der Staat für meine besonderen pädagogischen Fähigkeiten als Lehrer verliehen hatte!". Auf diesen Satz beschränkte sich ihr ganzes Gespräch während der Fahrt.

In seiner Wohnung, er hatte eine große, schöne Wohnung in einer Villa in einem der besseren Außenbezirke, führte er sie gleich ins Badezimmer und sagte ihr, dass sie gemütlich baden könne und es in ungefähr einer Stunde etwas zu essen gebe. Noch mehr wunderte sie sich, als sie ein schönes, sicher aus einer der Nobelboutiquen stammendes, weißes Abendkleid, dazu passende Seidenstrümpfe, Schuhe und natürlich Dessous sah und dann noch ein Schminkset und ein Fläschchen Chanel auf der Ablage vor dem Spiegel entdeckte. Sie glaubte zu träumen und hoffte, nicht gleich zu erwachen und merkte nicht, dass er schon lange das Badezimmer verlassen hatte. Woher er wohl ihre Maße so genau wusste? Denn das schulterfreie, im Rücken weit ausgeschnittene Kleid passte ihr hervorragend, und sie schaute darin auch atemberaubend aus. In einer solchen Aufmachung hatte sie sich selbst schon lange nicht mehr gesehen. Langsam legte sich auch die Angst, die sich seit dem Erkennen des Professors vor ihrem Haus im ganzen Körper wie ein Fieber ausgebreitet hatte; sie wurde ruhiger und war irgendwie schon gespannt, was jetzt folgen würde.

Während des Essens, er hatte als Junggeselle langjährige Erfahrung beim Kochen und hatte dies wieder einmal bewiesen, redeten sie kaum miteinander. Manchmal trafen sich ihre Blicke, wenn sie beispielsweise gleichzeitig nach einer Schüssel griffen, und für Bruchteile von Sekunden schien dann alles still zu stehen, sie lächelten und aßen weiter. Anschließend verlegten sie ihren Platz in das geschmackvoll eingerichtete Wohnzimmer. Jacqueline kuschelte sich in einen schwarzen Nappaledersessel, er stellte zwei Martini *on the rocks* auf den kleinen Rauchglastisch und nahm auf dem Sofa der Sitzgarnitur gegenüber von ihr Platz.

„Weißt du eigentlich, was heute für ein Tag ist?", wollte er von ihr wissen. Sie lächelte über diese beinahe naiv gestellte Frage und meinte: „Weihnachten natürlich!"

„Weißt du auch, was man an diesem Tag feiert?"
Jetzt musste sie aber doch nachdenken, und bevor sie darauf antworten konnte, gab er sich selbst die Antwort auf seine Frage: „Vor ungefähr 2.000 Jahren wurde an diesem Tag ein gewisser Jesus in Bethlehem geboren. Du wirst dir wahrscheinlich am Heiligen Abend noch kaum Gedanken darüber gemacht haben, aber mich hat dieser Jesus irgendwie immer fasziniert. Ob er wohl mit fünfzehn Jahren gewusst hat, dass er in einigen Jahren Blinden ihr Augenlicht zurückgeben kann, Lahmen das Gehen oder Verwirrten ihren Glauben ? Ich weiß es nicht.

Am verwunderlichsten für mich ist jedoch, dass der Sohn Gottes eine Prostituierte, Maria Magdalena, als Freundin hatte. Die „scheinheiligen Moralapostel" im Vatikan würden diese Tatsache, wenn es ihnen möglich wäre, sicher am liebsten abstreiten. Dass man eine Prostituierte noch als Heilige verehrt und anbetet und im gleichen Atemzug diese Frauen öffentlich verurteilt, führt doch diese ganze unliebsame Geschichte ad absurdum."

Sie hörte ganz aufmerksam zu. „Glaubst du, dass dieser Jesus von Nazareth mit Maria Magdalena geschlafen hat?" Und wieder, ohne eine Antwort abzuwarten, fuhr er fort: „Ich bin mir sogar sehr sicher, dass er mit ihr geschlafen hat! Denn gerade ein so sensibler Mensch hätte ohne die Liebe und Zärtlichkeiten einer Frau nicht solche Wunder vollbringen können. Maria Magdalena, eine Heilig gesprochene Prostituierte, war also seine Freundin.

Was hat er wohl damals in den Sand geschrieben, als die Menschen ihm eine Ehebrecherin vorführten, die sie nach dem Gesetz Mose steinigen wollten? Vermutlich nichts Besonderes. Er wird die gleichen zusammenhangslosen Zeichen in den Sand gekritzelt haben, die jeder von uns, wenn er einen Bleistift in der Hand hält, auf ein Blatt Papier zeichnet, wenn er etwas überlegt und überhaupt nicht darauf achtet, was seine Hand tut.

Überlegt hat er ohne Zweifel, denn seine Antwort würde auch 2.000 Jahre später den gleichen Effekt erzielen, wenn nicht ... Ich bin mir sicher, dass heute einige Steine fliegen würden, denn die Selbstgerechtigkeit vieler, besonders in der Kirche, ist beinahe grenzenlos. Vermutlich würden die meisten Steine ihn treffen, weil er sich angemaßt hat, ihnen als Antwort einen Spiegel vorzuhalten. Aber gut war sie trotzdem, seine Antwort: „Wer von euch ohne Sünde ist, werfe den ersten Stein!"

Hast du gewusst, dass dieser Jesus ein Anwalt von Randgruppen war, und dass er vehement für die Rechte der Frauen in der Gesellschaft eingetreten ist? Stell dir vor, er würde gerade heute wieder zurückkommen, wie er damals ja angedeutet hatte. Wenn er sich hier nur ein bisschen umsehen würde, wäre er bestimmt zu tiefst suizidgefährdet. Aber ich glaube, er wandelt oft unerkannt durch die Slums der Großstädte, oder befindet sich in irgendeiner psychiatrischen Anstalt und spricht all diesen Menschen Mut zu!"

„Oder hier - oder er befindet sich gerade hier", dachte Jacqueline etwas zu laut, so, dass er es auch noch hören konnte. Ihre Blicke trafen sich und diese unsichtbare Verbindung zwischen ihnen riss lange nicht ab.

„I want to know what love is, I want you to show me" sangen *Foreigner* und erfüllten das Schweigen zwischen ihnen mit einem Hauch von Sinnlichkeit. ... Paloma sagte Nein - meinte vielleicht - und machte es dann doch. Römerquelle belebt die Sinne ... Warum musste ihm gerade jetzt diese blöde Werbung einfallen. Er trank doch kein durchlöchertes Wasser, sondern einen Martini *on the rocks*, das heißt, „*on the rocks*" war er nicht mehr, wie er nach einem Blick auf sein Glas festgestellt hatte. Das Eis war schon lange geschmolzen.

Würde man die Liebe in drei Kapitel eines Buches unterteilen, diese mit „Emotionale Beziehung", „Physische Liebe" und „Verbotene Spiele" überschreiben, so wäre es zwar verständlich, dachte er sich, wenn man auf der Seite 230 zu lesen begänne, weil das Verbotene immer einen gewissen Reiz hat, aber um das ganze Buch zu verstehen, wäre es doch angebracht, mit dem ersten Kapitel zu beginnen.

Jetzt glaubte er zu wissen, warum ihm diese Werbung eingefallen war. Es lag an der Ähnlichkeit der Situationen. Stand diese Paloma vor der Entscheidung zwei Männer gleichzeitig zu lieben, so hatte er selbst dieses Buch auf Seite 230 aufgeschlagen, und es lag jetzt an ihm, dort weiterzulesen, oder doch mit dem ersten Kapitel zu beginnen. Er entschloss sich für die dritte Möglichkeit - das Buch vorläufig zur Seite zu legen.

„Ich habe natürlich ein Weihnachtsgeschenk für dich", sagte er, während er ein kleines, silbrig glänzendes Päckchen, das rein äußerlich auf ein Schmuckstück schließen ließ, hervorkramte. Er reichte es ihr über den Tisch und das erste Mal an diesem Abend berührten sich ihre Hände.

Es war ein goldenes Kettchen mit drei Anhängern, einem Kreuzchen, einem Herzchen und einem Anker, die alle mit einem kleinen Ring zusammengehalten wurden. „Glaube, Liebe, Hoffnung", sagte er erklärend. „Das Kreuzchen symbolisiert den Glauben, den man nie besitzen und jederzeit verlieren kann; das Herzchen steht für die Liebe, die man nicht verkaufen, sondern nur verschenken kann und dieses Herzchen symbolisiert das größte Geschenk der Menschheit. Der Anker ist ein Symbol für Hoffnung. Diese Hoffnung lässt sich nicht mit Worten erklären und ich möchte sie dir mit diesem kleinen Buch - er hielt plötzlich ein kleines blaues Büchlein in der Hand - verdeutlichen. Dieses Sparbuch lautet auf deinen Namen, und ich glaube mit diesem Betrag kommst du ohne Nebenverdienst bis zur Matura aus."

Sie hoffte das zweite Mal an diesem Abend nicht gleich zu erwachen um feststellen zu müssen, dass dies alles ein Traum war. Sie nahm das Kettchen heraus und ließ die goldenen Anhänger durch ihre Finger gleiten, fast gleichzeitig sah sie das blaue Büchlein auf dem Tisch. Ihr Blick fuhr der Tischkante entlang bis diese mit der Lehne des Sofas verschmolz, dann glitt sie langsam den Umrissen seines weißen Sakkos weiter aufwärts, bis sie sich in seinen dunklen Augen verlor.

„Am besten, du sagst nichts", flüsterte er ihr zu. „Komm', ich helfe dir, das Kettchen anzulegen", fügte er hinzu. Sie setzte sich verkehrt neben ihn auf das Sofa und hielt ihm die zwei Enden entgegen, um sie zu verschließen. Er nahm ihre Hände und ohne sie loszulassen, fügte er die Enden zusammen.

Vorsichtig legte sie ihren Kopf auf seine Oberschenkel und schaute ihn an. Er streifte die zerzausten Haare aus ihrem Gesicht und streichelte sie ganz zärtlich.

IV.

Die Nacht wurde zum Morgen, Dunkelheit zu Dämmerung, Martini zu klebrigem Zuckersaft. Die Kerze auf dem Tisch weinte noch immer heiße Tränen, die mittlerweile auf der Rauchglasplatte zu einem riesigen versteinerten Meer erstarrt sind. Langsam erwachten sie eng aneinander gekuschelt und mussten sich erst daran besinnen, wie sie in diese Lage geraten waren. Die Sehnsucht nach Zärtlichkeit und Wärme hatte sich wohl mit der Müdigkeit vermischt. Miteinander geschlafen hatten sie nicht - dazu haben sie noch lange Zeit - ihr ganzes Leben, und darüber hinaus...

Ich hab' zum Sterben kein Talent

Diese trockene Hitze klebte die Zunge an den Gaumen fest. Es war zu heiß zum Atmen und nirgends konnte er ein Stück Schatten erspähen, aber er hörte Wasser. Zu lange schon war er in der Wüste und zu oft hatten ihn seine Sinne schon getäuscht, aber dieses Mal - das war Wasser!

Seine ausgetrockneten Augen suchten am Horizont nach Leben und entdeckten schwarze Punkte am Himmel. Vögel, das sind Möwen, dachte er sich und beschleunigte seine Schritte. Häuser tauchten auf und das lang ersehnte Meer schimmerte ihm blau entgegen. Jetzt rannte er schon, gerade auf das Wasser zu. Ohne sich umzudrehen sprang er in die Wellen und schwamm hinaus, immer weiter, bis er das Ufer kaum mehr sehen konnte. Sein verwelkter Körper schrie nach Wasser, aber das war Salz, verdammt, das war Salzwasser! Und plötzlich überkam ihn eine panische Angst, er würde in einem unendlichen Meer von Wasser verdursten. Das Ufer war auch nicht mehr zu sehen.

Warum musste er auch in seiner Euphorie überstürzt ins Meer springen. Er hätte doch in einem der Häuser bestimmt einen Krug Wasser bekommen. Das Salzwasser drang ihm in die Kehle und er glaubte, erbrechen zu müssen. Als ihm die Luft wegblieb, riss er seine Augen weit auf!

Ein Traum, er hatte das zum Glück alles nur geträumt, aber wo war er eigentlich? Überall diese Kabel, Bildschirme und dieser monotone Piepton. Er hatte es also tatsächlich getan - und lebte noch. In diesem Moment wusste er selbst nicht wie er sich fühlte. Einerseits war er doch froh, dass er noch lebte, aber an die andere Seite wollte, ja konnte er jetzt einfach nicht denken. Wie sollte er es den anderen beibringen?

Seine Augenlider verdunkelten wieder das Krankenzimmer und er schaute in sich hinein. Seltsame Gedanken formten sich in seinem Gehirn. Gedanken, die andere vor ihm schon ausgesprochen hatten. So spiegelte sich plötzlich die erste Seite einer phantastischen Geschichte von Dostojewski an seiner Seele. Er hatte diese Erzählung während der letzten Tage öfters gelesen:

„Früher tat es mir sehr weh, dass ich lächerlich schien. Nicht nur schien, sondern auch war. Ich war immer lächerlich, ich weiß es, vielleicht schon von Geburt an. Vielleicht wusste ich schon mit sieben Jahren, dass ich lächerlich war. Dann lernte ich in der Schule, dann an der Universität, und je mehr ich lernte, desto deutlicher sah ich, dass ich lächerlich war. So schienen meine ganzen Universitätsstudien, je mehr ich mich in sie vertiefte, schließlich keinen anderen Zweck zu haben, als mir zu beweisen und zu erklären, dass ich ein lächerlicher Mensch sei. Wie mit der Wissenschaft, erging es mir auch im Leben. Mit jedem Jahr wuchs und festigte sich in mir das Bewusstsein meiner Lächerlichkeit in jeder Beziehung. Immer und überall lachte man über mich. Doch keiner wusste und keiner ahnte, dass, wenn es einen Menschen auf Erden gab, der am besten wusste, wie lächerlich ich sei - ich selbst dieser Mensch war; und dass sie dies nicht wussten, kränkte mich am tiefsten. Aber daran war ich selber schuld; ich war immer so stolz, dass ich es niemals und um nichts auf der Welt jemanden gestehen wollte. Dieser Stolz wuchs bei mir mit den Jahren und wäre es wirklich einmal geschehen, dass ich jemanden, wer es auch sei, gestanden hätte, dass ich lächerlich sei - ich glaube, ich hätte mir noch am selben Abend mit einem Revolverschuss den Schädel zerschmettert!"[2]

Wiederum riss er seine Augen weit auf, musste sie aber sofort schließen, denn das grelle Licht stach wie ein Messer in sein Gehirn.

An seine Lächerlichkeit im Beruflichen hatte er sich schon gewöhnt, aber in seinem Privatleben wollte er sie einfach nicht wahrhaben. Wenn er etwa einem Mädchen, das er sehr gerne hatte, erklären wollte, dass er sie liebte, und dafür von ihr ausgelacht wurde, reagierte er mit depressiven Zuständen, die oft monatelang andauern konnten. Genau das war passiert, und zu allem Überdruss gleich zweifach in einem kurzen Intervall.

Dass er in diesen Phasen sehr labil war, wusste er selbst wohl am besten. Immer wieder kam in ihm der Wunsch auf, dorthin zurückzukehren, von wo er gekommen war. Ja, es ging so weit, dass er jeden Abend zu Gott betete, er solle ihn am nächsten Morgen nicht mehr auf dieser Welt erwachen lassen. Aber er hörte nicht zu.

... als erstes werde ich ihnen erklären, dass es einen großen Unterschied zwischen Selbstmord und Selbstmordversuch gibt. Nur einer, der sich darüber noch keine großen Gedanken gemacht hat, wird glauben, ein Selbstmordversuch sei ein "missglückter Selbstmord".

Ihr Kleingläubigen - wenn ich es wirklich gewollt hätte, dann hätte ich mich auch umgebracht. Und glaubt keinem, aus welchen Motiven er es auch machen wird, es sei sein freier Wille und letzter Wunsch gewesen. Er lügt - genau das Gegenteil ist der Fall. Würde man ihm die Möglichkeit geben, noch einmal gänzlich neu zu beginnen - er würde zugreifen!

Eine Möglichkeit gibt es allerdings, sich diesen Wunsch teilweise zu erfüllen - zu sterben und wieder auferstehen. Es ist der kleine Bruder des Todes, der Schlaf. Diesem „Selbstmord auf Raten" kann man ein bisschen mit Alkohol oder Schlafmittel nachhelfen. Einfach für kurze Zeit der Realität entfliehen - sterben und wieder auferstehen. Es ist ja meistens nicht so, dass man sterben möchte, sondern lediglich, dass man den Tod miteinkalkuliert.

Es war so eine Leere in ihm, ein Gefühl von Sinnlosigkeit und die Gewissheit, bis dato alles falsch gemacht zu haben. Immer wieder hatte er sich mit dem Sinn des Lebens beschäftigt, aber da der Sinn nicht gegeben werden, sondern höchstens gefunden werden kann, war es immer wieder ein Spaziergang im Kreis. Solange wenigstens noch ein Sinn vorhanden war, wenn auch nur ein Blöd-Sinn oder Wahn-Sinn, ging es noch einigermaßen, aber in diesen Phasen war jeglicher Sinn verloren, wie die Bezeichnung Sinn-Los am besten kommentiert. Eine Kurzformel, wie es zu diesem Zustand kommen konnte, hatte er einmal gelesen:

„Im Gegensatz zum Tier sagen dem Menschen keine Instinkte, was er muss, und im Gegensatz zum Menschen von gestern sagen dem Menschen von heute keine Traditionen mehr, was er soll. Nun, weder wissend, was er muss, noch wissend, was er soll, scheint er oftmals nicht mehr recht zu wissen, was er im Grunde will."[3] Genau hier sind die Wurzeln seines Problems zu suchen. „Wenn man nicht weiß wohin, darf man sich nicht wundern, wenn man woanders ankommt!", sagte einmal ein Lehrer zu ihm. Und hierher wollte er nun wirklich nicht.

Vor einigen Jahren hatte er die Hauptstraße verlassen und ist an einer beinahe unsichtbaren Stelle abgezweigt. Irgendetwas kam ihm an diesem Weg immer schon seltsam vor, bis er sich einmal an die paradoxe Beschilderung vor der Abzweigung erinnerte: Eine blaue Tafel mit der Aufschrift „Einbahn" und ein Schild, das eine Sackgasse andeutete. Die Straße war aus, zurück ging es nicht mehr, also blieb nur noch die Chance, einen neuen Weg zu suchen.

... aber worauf kommt es im Leben denn wirklich an? Da heißt es immer wieder, wir müssten die alten Werte wieder finden. Wie sollen wir etwas suchen, das wir nicht verloren hatten. Ja glaubt denn wirklich einer, dass man früher bessere Werte gehabt hat, und wir diese verloren haben? Nein - diesen Werten müssen wir wirklich nicht nachweinen - vielmehr sollten wir neue Werte für unsere Zukunft suchen. Aber die Suche erweist sich als schwieriger, als angenommen. Umgekehrt gefragt, was bewundere ich an anderen?

Ihre Schönheit - nein, da kommt das Alter oder ein Unfall; Künstlerische Fähigkeiten - nein, nach einem Bruch einiger Finger ist alles vorbei; Ihre Intelligenz - auch die ist vergänglich; Alles Körperliche und Geistige ist nicht von Dauer. Es ist die Gesamtheit all dessen, ob man am Ende des Lebens sagen kann: „Das war ein Mensch!"

Und wie schaut es mit der Liebe aus? Ja, da ist dem lieben Gott ohne Zweifel etwas schief gelaufen, denn so kompliziert, wie sich seine Ebenbilder anstellen, war es sicher nicht konzipiert. Plötzlich fiel ihm eine Stelle aus einem bekannten Roman ein, in dem dieses Phänomen treffend ausgedrückt wurde:

„Welch ein aufrichtiges, unbeschreibliches Glück war es später gewesen; wie unsagbar schön und lieblich, als sie zum ersten Mal tief und dunkel spürten, dass sie zwei ungleiche Körper, dass sie Mann und Frau waren. Körper, die einst wohl einer gewesen, die Gott aber unbarmherzig getrennt hatte und die nun wieder vereint werden wollten. Je mehr sie heranwuchsen, spürten sie es immer deutlicher, welch ein Wunder es war, dass er ein Mann und sie eine Frau waren, und sie blickten sich mit stummen Beben und stiller Erwartung an, da sie vereinen dürften, was Gott einst geschieden hatte. Und da, eines Abends auf einem Fest in Kana, als er die Hand ausstreckte, um ihr die Rose als Zeichen ihrer Verlobung zu geben, warf sich der unbarmherzige Gott zwischen sie und trennte sie wieder. Und seitdem ..." [4]

Und seitdem wusste er, dass Liebe mit Sexualität primär nichts zu tun hat. Es ist nämlich sowohl Liebe ohne Sexualität möglich als auch Sexualität ohne Liebe. Sexualität ist genau genommen ja nur eine hormonelle Triebbefriedigung und funktioniert auch bei Hass. Sie wird es auch solange bleiben, solange sie nicht Ausdruck der Liebe ist. Das war eine der wichtigsten Erfahrungen, die er in der letzten Zeit gemacht hatte.

Nachdem ihm Gedanken über das Worauf es im Leben ankommt und über die Liebe durch den Kopf gegangen sind, stellte sich die Frage, wonach er leben sollte erneut. Ethische Richtungen hatte er in seiner Schulzeit zur Genüge lernen müssen. Sollte er dem Hedonismus, dem Lustprinzip folgen, oder dem Utilitarismus, dem Nützlichkeitsprinzip, oder vielleicht Kants kategorischem Imperativ, der Naturrechtsethik oder der Marxistischen Ethik oder der ethischen Botschaft Jesu. Am besten überhaupt keiner - das Gewissen und das Gefühl werden sich überall das herausholen, was im Augenblick richtig ist.

Eine innere Unruhe breitete sich in seinem Körper aus. Immer mehr Gedanken wurden hin und her geworfen, kaum einen konnte er zu Ende denken.

„Mensch, das Zitat des Tages muss ich Dir vorlesen!"

„Was ? Wo sind wir? Bin ich eingeschlafen?"

„Ja, du schläfst schon seit Innsbruck; wir werden bald aus dem Arlbergtunnel herauskommen. Hast du was Schönes geträumt?

Du, das Zitat ist von Nietzsche: „Ist man sich über das Warum seines Lebens mit sich im Reinen, so gibt man dessen Wie leichten Kaufs dahin!"[5]

„Ja, wer ein Warum zu leben hat, erträgt fast jedes Wie", murmelte er vor sich hin. Er drückte sein Gesicht ganz nahe an die Scheiben des Zugabteils, um zu sehen, ob der Tunnel bald zu Ende war.

Sonnenfinsternis

„Am Anfang schuf Gott den Himmel und die Erde. Die Erde aber war wüst und leer. Finsternis lag über dem Abgrund, und der Geist Gottes schwebte über den Wassern. Da sprach Gott: "Es werde Licht!" Und es ward Licht. Gott sah, dass das Licht gut war, und Gott schied zwischen dem Licht und der Finsternis. Gott nannte das Licht Tag, und die Finsternis nannte er Nacht."[6]

Viele Jahre drehte sich nun die Erde um dieses Licht und Gott betrachtete die Entwicklung seines Werkes mit Interesse. Vieles hat er geleistet, der Mensch, beinahe zu Vieles, dachte er sich des Öfteren. Was wird er wohl aus seiner Erde machen?

Eines Tages, als er in solchen Gedanken versunken war, traf ihn ein kleiner, spitzer Pfeil mitten in sein Herz. Vorsichtig zog er den schmerzenden Gegenstand aus der Wunde und betrachtete ihn genau.

Mit diesem lächerlichen Raumschiff willst du die Sterne auf die Erde holen - Mensch? Hast du denn vergessen, dass auch die Erde nur ein Gestirn ist? Du willst alle Geheimnisse wissen, aber du bist dir selbst ein Fremder. Meinen eigenen Sohn habe ich auf die Erde gesandt, um euch einen Augenblick eurer Geschichte zu zeigen, wie ein Mensch sein kann. Aber warte nur, Mensch, ich werde dich lehren zu sehen, du sollst lernen, mit deinem Herzen zu sehen.

So sprach er am folgenden Tag zu den Pflanzen und Tieren der Erde, denn der Mensch hatte schon lange verlernt, seinen Worten zu lauschen:

„Legt Vorräte an, Tiere der Erde und sucht euch einen sicheren Platz, um zu schlafen; und ihr Pflanzen der Erde, werft eure Blätter ab, ihr werdet sie die nächsten Jahre nicht mehr brauchen, denn eine Finsternis wird über die Erde kommen, dunkler und kälter, als sie der Mensch je erlebt hat! Während dieser siebenjährigen Dunkelheit wird nur jener den Weg finden, der lernt, mit seinem Herzen zu sehen, alle anderen wird die Dunkelheit wegspülen, wie vor vielen Jahren die Sintflut!"

Dann nahm er seinen Stuhl und setzte sich vor die Sonne.

Unten auf der Erde betrachteten die Menschen erstaunt diese plötzliche Sonnenfinsternis und die Gelehrten versicherten, die Dunkelheit würde nur kurze Zeit andauern. Langsam verbrauchten die Menschen ihre Energievorräte, und nach einem Jahr erlosch das letzte Licht auf der Erde. Mit der Dunkelheit kehrte auch die Ruhe auf die Erde zurück.

Als die Menschen mit ihren Augen nichts mehr sehen konnten, bemerkten sie erst, wie hilflos sie ohne Licht waren.

Viele Ungeduldige verschlang die Dunkelheit ohne Erbarmen, wie es Gott vorhergesagt hatte. Nur wenige erkannten, dass die Nähe, Wärme und Zärtlichkeiten eines anderen Menschen gerade während der Zeit einer Finsternis das Überleben sicherten.

Vorurteile bezüglich des Aussehens schwemmte die Dunkelheit hinweg und Berührungsängste wurden von der Kälte erfroren. Und es war seltsam, diese Menschen begannen ihre Nachbarn zu sehen, wirklich zu sehen. Zwar lieferte das Herz nicht die gewohnten Bilder der Augen, aber diese Bilder waren viel ehrlicher, tiefer und schöner.

Als Gott das sah, sagte er: „Hört! - Ihr, die ihr gelernt habt, mit eurem Herzen zu sehen, euch will ich aussenden, um dieses Geheimnis der ganzen Menschheit preis zu geben!"

In der folgenden Nacht weinte Gott, und die Menschen hörten seine Tränen an die Scheiben klopfen. Und am nächsten Morgen drängten die ersten Sonnenstrahlen die Dunkelheit in die Keller und Höhlen zurück. Sogleich streckten die Pflanzen der Erde ihre Arme der Sonne entgegen und auch die Tiere stimmten einen Lobgesang an. Die Menschen öffneten ihre Türen und sagten nur: "Endlich - wurde auch langsam Zeit" und gingen dann ihren Tätigkeiten wie üblich nach.

Doch einige blieben dort, wo es das Licht nicht mehr gibt, um den Menschen, die sich in der Dunkelheit verlaufen haben, Halt zu geben.

II.

ZWISCHENDURCH GESAGT

DREI ABRECHNUNGEN

Ihr seid so hässlich
dass ich's kaum ertragen kann
und euer kindischer Gesang
von Glück und Freundschaft
bringt mich um

Ihr seid so hässlich
dass ich's kaum ertragen kann
und Euer lächerlicher Drang
mit mir zu lachen ist so dumm
ist so furchtbar dumm

(Konstatin Wecker)

Der Liebhaber

Aber nein - nun wirklich nicht - welcher Mann hat denn je behauptet, er sei ein schlechter Liebhaber? Auf der nach oben offenen Richterskala stufen sich die meisten doch zwischen „schlicht saumäßig gut" und „schlicht sensationelle Extraspitzenklasse" ein. Und überhaupt - wer seiner Geliebten etwas bieten will, der bildet sich weiter, der wirft auch dann und wann einen Blick hinter den Umschlag einer wissenschaftlichen Publikation.

Im Zug oder in der Straßenbahn - zu Hause natürlich nicht, da sieht's ja keiner - also in der Öffentlichkeit, das müssen die anderen doch sehen, womit er sich beschäftigt.

Nein, nein - oho - wo denken sie hin; keine Boulevardzeitung mit einer vollbusigen Blondine auf der Titelseite; nein, da geht man schon einmal in eine renommierte Buchhandlung, verlangt den Chef - nicht etwa so eine junge Verkäuferin, die sechs Semester Germanistik studiert hat und sich hier in den Ferien ein paar lausige Alpendollar verdient - nein, die kennt sich ja nicht aus. Der Chef muss her, der bei der Matura drei Mal in Deutsch antreten musste, nach dem Ableben seines ehrwürdigen Vaters diese Buchhandlung erbte und dem die Naivität aus den Augen lacht - der muss her, aber das weiß unser Liebhaber ja nicht.

Beim Vorbeigehen hat sich der wissensdurstige Liebhaber natürlich einige Titel wissenschaftlicher Zeitschriften in sein Ultrakurzzeitgedächtnis geladen und stottert sie in größter geistiger Anstrengung vor dem nun erschienen Naivus hervor.

Natürlich, natürlich, mein Verehrtester - welches Fachgebiet bevorzugen der Herr denn, erwiderte dieser und zupfte Heftchen für Heftchen aus dem Ständer. Wie wär's mit Physik, Chemie - oder na was haben wir denn da noch - Medizin -

Ja, Medizin - das ist mein Fach - haha - man kann ja zwischendurch auch mal was Leichteres lesen, nicht wahr? Natürlich, natürlich, sie sagen es - immer diese Fachbücher - etwas Leichtes zum Entspannen zwischendurch, sie sagen es...

Und da sitzt er nun der Liebhaber, versteht außer den Zeit- und Bindewörtern nichts von den Beiträgen, die er vor sich hat und blättert und blättert. Aber, aber, was hat er denn jetzt entdeckt? Na so was - da ist doch tatsächlich ein Foto - ganz klein im unteren linken Eck, aber deutlich erkennbar - ein Foto, auf dem irgend so ein Urmensch von Mann eine ebensolche Frau von hinten anbumst. Er holt die Zeitschrift näher an seine Pupillen - nein, nein er hat sich nicht getäuscht - tatsächlich.

Das muss gelesen werden, das lädt ja gerade ein, gelesen zu werden. Um einen Virus, nein zwei, doch nur um einen Virus geht's. Der zweite heißt gleich wie der erste, nicht ganz gleich, denn er heißt zwei - Mensch ist das kompliziert - also Herpes I und Herpes II steht da. Was das ist, weiß er natürlich nicht - woher sollte er auch - da steht nur, dass man den ersten durchs Küssen (der Mund war gemeint) und den zweiten eben wie auf dem

Foto abgebildet übertragen kann. Soweit kann der Liebhaber noch ohne größere Schwierigkeiten folgen.

Aber jetzt scheint's komplizierter zu werden: Diese zwei Viren stammen von einem Virus ab, sozusagen dem Urherpes, und dieser war eben nur durch die beschriebene Stellung übertragbar. Das weiß man von Affen - na so was - denn die haben nur den so genannten Zweierherpes. Als jedoch die Urmänner feststellten, dass die Frauen auch eine Vorderseite haben, oder sich die Urfrauen emanzipierten und ihre Männer von hinten nach vorne fischten, um ihnen dabei in die Augen sehen zu können, oder wer weiß wohin sonst noch, also da sagte so ein kleiner Herpessprössling: Ich suche mir 'ne andere Öffnung, packte seine Sachen und verließ den Urwald in Richtung Berge, die da am Horizont auftauchten und gründete noch weiter oben einen neuen Stamm. Kluge Wissenschaftler errechneten nun, dass dieser Stellungswechsel (im wahrsten Sinne des Wortes) vor 10,7 Millionen Jahren stattgefunden haben musste.

Halt - das war zu schnell. Da muss der Liebhaber schon auf seine langjährigen Erfahrungen zurückgreifen und sich die ganze Szene in seinem Kopf zurechtbiegen. ... ja, das stimmt - wenn ich hinten stehe, in der Tat, da ist es umständlich, sie zu küssen...

Da geht dem Liebhaber das erste Mal ein Licht auf, das konnte ihm bis dato keiner sagen. Jetzt weiß er, wodurch sich der Mensch vom Affen unterscheidet. Am Abend wird er zu seiner Geliebten sagen: Du Schatzi, heute lassen wir eine echt tierische Nummer steigen, 10,7 Millionen Jahre ist die alt...

Diese Zeitschrift ist wirklich gut, ist sie - die war ihre zehn Euro wert, wirklich!

Vom Zu-spät-kommen und Ähnlichem

Hast du schon einmal etwas von der Legende des 4. Königs gehört? Danach sollen nicht nur die drei heiligen Könige dem Stern nach Bethlehem gefolgt sein, sondern auch ein vierter, der allerdings dreißig Jahre zu spät diesen Jesus von Nazareth gefunden hatte, als dieser nämlich gekreuzigt wurde.

Manchmal komme ich mir vor wie dieser vierte König. Mein Leben lang bin ich zu spät gekommen, begonnen mit meiner Geburt, dort waren es vierzehn Tage. Ungezählte Male ist mir die Straßenbahn oder der U-Bahn vor der Nase weggefahren, aber mit der Gewissheit im Hinterkopf, dass in einigen Minuten die nächste kommen muss, lassen sich diese harmlosen Variationen von zu spät kommen locker wegstecken, das heißt, wenn man nicht die blaue Tafel "Letzte Fahrt" übersehen hat, dann wird's unangenehm.

Ein besonderes Gespür fürs zu spät kommen habe ich bei Mädchen entwickelt. Ob ich da allerdings immer zu spät gekommen bin, weiß ich auch nicht mit Sicherheit, ich glaube eher, dass ich in vielen Fällen zu früh dran war.

Wenn ich ein nettes Mädchen kennen lerne, kann ich schon mit einer relativ sicheren Trefferquote darauf tippen, dass sie einen fixen Freund hat. Ob der nun mit einem Superkleber oder mit einem billigen Alleskleber an die Auserwählte angeheftet ist, will ich dann überhaupt nicht mehr wissen. Ich könnte ja in Zukunft ein

Gespräch mit der Frage beginnen: „Bin ich schon zu spät?" Ein verwunderter Blick, ein hilfloses Lächeln und im schlimmsten Fall die Gegenfrage: „Wozu zu spät?" wären mir sicher. Na, wozu denn, du Idiot - nein, das wäre doch kein dankbarer Beginn für eine Konversation.

Oft habe ich mir schon gedacht, man müsste mit einer durchschnittlichen Debilität zur Welt kommen, mit einem Defizit an Gehirnganglien, das gerade so groß ist, dass man es selbst nicht merkt. Man wäre der glücklichste Mensch auf dieser Welt.

So könnte man sich darüber freuen, wenn man zum Geburtstag von einem Politiker einen Computerserienbrief erhält, in dem er bedauert, leider die herzlichen Grüße nicht persönlich ausdrücken zu können, und wenn genau dieser Politiker der Nachbar ist, den man beinahe jeden Tag trifft. Man würde jeden Tag nach seiner Arbeit seine zwei bis drei Bier in den Schädel schütten (ein Mann braucht das), Frau und Kinder zu Hause wissend und würde natürlich periodisch auf den Tisch klopfen, um klar darzulegen, wer der Mann im Hause ist - und keine lästigen Diskussionen.

Außerdem würde man sich nicht darüber ärgern, wenn ein Mädchen an einem Wochenende mit mehr als zweitausend Minuten nicht dreißig Minuten für einen Kaffee Zeit findet, oder ein anderes nicht fünf Minuten für eine Verabschiedung und ohne ein Wort für die nächsten Monate ins Ausland flüchtet. Es würde einem auch nichts ausmachen, wenn man eine Karte mit einem schönen Gruß von einem Mädchen erhält, von dem man das am allerwenigsten erwartet hätte, trifft sie in der Stadt und bedankt sich für den lieben Gruß, und sie weiß überhaupt nichts von der Karte.

Oder man glaubt, endlich die Richtige gefunden zu haben, freut sich auf eine schöne Zeit mit ihr und nach einigen Wochen teilt sie einem beim Mittagessen mit, dass sie doch noch keinen fixen Freund wolle und so, verabschiedet sich schön freundlich und nach kurzer Zeit erwischt man sie mit einem anderen. Und dann trifft man noch ein Mädchen, das aussieht wie achtzehn, sagt sie sei sechzehn und ist vierzehn. Sei gibt einem Nachhilfe, wie man Männer anmacht, kann mit ihrem „Alter" schon kaum mehr ihre Bumsfreunde zählen und erzählt dir, sie sei noch Jungfrau - im Sternzeichen vielleicht. Dann überlegst du dir für einen Augenblick, ob du ihr sagen sollst, dass du noch nie mit einem Mädchen geschlafen hast - nein - die lacht dich doch aus, die würde das für einen lockeren „Shake" am Rande halten, und du lässt es dann doch lieber bleiben und bist froh, als du sie wieder los bist. Das kleine Männlein im Ohr, das da immer wieder sagt: „Du Versager, was hast du schon in deinem Leben gehabt, so kommst du natürlich zu nichts ..." betäubst du dann mit einem Liter Ribiselwein.

Einen bitteren Nachgeschmack hat das Zu-Spät-Kommen, wenn man tatsächlich zu spät kommt. So habe ich zwei lieben Mädchen versprochen, sie zu besuchen und jedes Mal kurz vor meinen geplanten Besuchen, starben sie - die eine an den Folgen eines Autounfalls und die andere an einem Gehirntumor ... zu spät gekommen - für immer.

Die größte Strafe in der heutigen Zeit ist es, mit Intelligenz im Sinne des lat. Verbs *intellegere* - dazwischen sehen - versehen zu sein oder gar noch künstlerische Ambitionen zu hegen.

Da sind sie dann immer gleich parat, diese borniertten Obermotzer und wissen alles besser, haben ja schon viel mehr Erfahrung durch ihr Alter ... Da würde ich gerne einmal zu spät kommen, aber die werden mir mein Leben lang nie erspart bleiben, leider ...

Doppelmoral

Aber natürlich, das kommt doch recht. Die Doppelmoral ist erfinderisch, ja übertrifft sich zu Zeiten selbst. Bei diesem Tango der 90-iger Jahre „Lambada" kann man schon hin und wieder ungestraft zwischen die Beine einer Frau greifen. Die gleiche Bewegung in einem Fahrstuhl praktiziert, würde bestimmt bei einem Richter, oder zumindest mit einer gestreckten Rechten im Gesicht enden. Es ist doch kein Zufall, dass dieser „Tanz" einen solchen Siegeszug durch unseren Kulturkreis antreten konnte. Eine solche Begeisterung kann doch nur von einer doppelbödigen Moral angetrieben werden. Eine Übertreibung einer Seite, steigender religiöser Fundamentalismus etwa, erweckt doch schon den Verdacht aufs Gegenteil.

Wenn es um bildliche Vergleiche von zwei Seiten ging, musste immer schon eine Münze herhalten, und hier eignet sich diese bestens als Hilfsmittel. An und für sich ist der Begriff DOPPEL-MORAL schon selbstbestimmend, und darum ist es einladender, zwei andere Begriffe, LIEBE und SEXUALITÄT, den beiden Seiten zuzuordnen. Dass das eine mit dem anderen verwechselt, vertauscht, gemischt, ja bisweilen das eine für das andere verkauft wird, ist für diese Doppelmoral charakteristisch.

Die Liebe wurzelt nicht in der Sexualität, sie ist ein eigenständiges, allumfassendes Phänomen und nicht auf eine Triebbefriedigung ausgerichtet! Anders die Sexualität - diese dient in der Natur nur zu Arterhaltung, hat aber gerade beim Menschen eine andere wichtige Funktion - die Bindung an eine Partner über eine Triebbe-friedigung. Das klingt alles sehr theoretisch, aber wenn man beispielsweise der Frage nachgeht, warum die Frau nicht nur an empfängnisfähigen Tagen sexuell stimulier-bar ist, wie diese etwa im Tierreich häufig vorkommt, sondern üblicherweise beinahe den ganzen Monat, dann gibt die Verhaltensforschung interessante Hinweise:

Der Mensch braucht im Allgemeinen mindestens vier-zehn Jahre, bis er die Familie verlassen kann. Für diese Zeit benötigt die Mutter einen Mann, der bei ihr bleibt, sie schützt und versorgt. Und da hat die physiologische Entwicklung beim Menschen einen genialen Einfall gehabt. Die Bindung über die Sexualität. Aber Sexualität allein hat sich in der Natur noch nie als guter Bezie-hungskitt bewährt, dazu ist die Liebe viel besser in der Lage. Sie kann als eine positive Zuwendung, die das Gefühl von Geborgenheit, Wärme und Zärtlichkeit vermittelt, verstanden werden.

An dieser Stelle sei an die Adresse des Papstes und des-sen Jünger, die auch heute noch oder wieder eine „theo-logische Naturrechtsethik" vertreten, gesagt, sie wollen einmal die Bibel mit einem Lehrbuch der modernen Verhaltensforschung tauschen. Dann würden vielleicht auch sie einmal erfahren, dass die Sexualität nicht nur zur Fortpflanzung degradiert werden kann, sondern dass sie gerade beim Menschen einen anderen Stellen-wert einnimmt. Die Sexualität der Tiere so einfach auf den Menschen zu übertragen, dies dann noch mit dem Verbot von Empfängnisverhütenden Mitteln zu unter-mauern, scheint schon höchst zweifelhaft, zumal die Kirche in diesen zwischenmenschlichen Beziehungen ohne dies nichts zu suchen hat.

Um beim Vergleich zu bleiben: Die Münzen in unserer Zeit scheinen gezinkt zu sein, denn sie fallen verdächtig oft mit der Sexualität nach oben auf den Boden. Das ist immer die Seite, auf der ein schönes Bildchen eingeprägt ist, aber der Wert der jeweiligen Münze steht dann auf der Vorderseite. Es kommt ja nur ein "Münzensammler" auf die Idee, seine Münzen mit der Bildchenseite nach oben anzupreisen, jeder andere möchte doch gerne wissen, wie viel eine Münze wert ist. Es ist daher kein Zufall, dass die Seite auf der Wert eingeprägt ist beim Vergleich mit der Liebe gleichgesetzt wurde. Denn es ist durchaus möglich, eine Münze mit der Wertseite zu betrachten, ohne sie umzudrehen. Umgekehrt hat man nur die Bildchenseite, aber es fehlt jeder Wert.

Unter dem Deckmantel der Tradition hat man ebenfalls zweifelhafte Bräuche herübergerettet, die gleichfalls in diese Kategorie hineinfallen. Wenn man sich Auswüchse der „Krampusläufe" anschaut, wo Frauen und Mädchen von charakterlosen Komplexhaufen hinter einer dazu passenden, aufgesetzten Visage, geschlagen und misshandelt werden, dann versteht man, warum George Orwell in einer bekannten Fabel die Menschen als Schweine darstellte.

Zugegeben, es ist heute nicht einfach als Junge ein Mädchen kennen zu lernen. Ein Radiomoderator hat das etwas zynisch einmal so formuliert: „Bevor man sich in zwei leuchtende Augen eines Mädchens verliebt, sollte man sich vergewissern, ob es nicht die Sonne ist, die durch den hohlen Kopf leuchtet!" Das gilt natürlich auch umgekehrt.

Brachte da früher in der Eifel ein junger Mann eine Flasche Rotwein mit und das Mädchen holte Gläser, so bekundete sie damit ihr Interesse, ihn kennen zu lernen. Oder in der Schweiz schenkte ein Junge einem Mädchen ein Lubkuchenherz, nahm sie es an, so hatte das dieselbe Bedeutung. Im Zillertal war man da schon etwas direkter. Die Burschen kauten während des Tanzens Harz, ließen dann ein Stücken zwischen den Zähnen herausschauen und forderten ihr Tanzpartnerin auf, es abzubeißen.[7]

Und heute? Ja heute wittert beinahe jedes Mädchen hinter einer Einladung zu einem Kaffee oder zum Essen einen Angriff auf ihre Jungfräulichkeit. Da meldet man sich noch lieber zum nächsten Lambadakurs an, als mit dem fortzugehen, man weiß ja nie. Aber auf den Gedanken, dass er dich vielleicht nur kennen lernen wollte, wärst du nie gekommen.

Was, so was gibt's noch? - Ja, stell' dir vor, aber nicht mehr lange, denn die Anmeldung für den nächsten Kurs liegt schon auf dem Tisch...

III.

ICH HALT FÜR DICH EIN MIRAMARE BEREIT

EIN TRAUM IN BATIST

Es ist merkwürdig, dass man eine Frau,
die man einmal rasend begehrt hat,
die man niemals besessen hat
und die einem völlig gleichgültig
geworden ist,
plötzlich wieder lieben kann.

Man gelangt also ungefähr dahin,
wo man sich befände,
wenn alles leidenschaftliche Begehren
erfüllt worden wäre.

Es ist überraschend zu konstatieren,
wie geringe Bedeutung
im Grunde manche Dinge haben,
für die wir unser Leben opfern wollten.

(Italo Svevo)

Wenn der Sommer nicht mehr weit ist

I.

Früher habe ich noch darüber gelacht, über dieses Relikt, das in den Vor-68-igern geboren wurde und noch heute den Eindruck macht, als müsste es von einer dicken Hornbrille zusammengehalten werden. Aber später begriff ich langsam, dass diesem Woody Allen, von dem da die Rede ist, ja überhaupt nie zum Lachen war, sondern dass sich hinter dieser komisch wirkenden Visage ein überaus sensibler und kritischer Mensch verbirgt. Dieser Wandel vollzog sich, als mir bei einem seiner Filme das Lachen in der Kehle stecken blieb, und ich stumm in meinen Sessel zurücksank, in der Hoffnung, niemand würde die aufsteigende Röte in meinem Gesicht bemerken, aber es war ohnehin dunkel.

Dabei war es nur eine ganz kurze Szene, als nämlich dieser Woody Allen einen alten Schulfreund eingeladen hatte, der mit seiner Frau auf seinen Landsitz kam. Diese Frau aber war seine große Jugendliebe. Als er nun mit ihr einmal alleine war, gestand er ihr, dass er sie damals sehr geliebt habe, aber immer zu schüchtern war, sie zu fragen, ob sie mit ihm schlafen wolle. Und einige Jahre später hatte er erfahren, dass sie mit beinahe jedem seiner Klassenkameraden geschlafen hatte und er einer der wenigen war, der mit ihr nichts gehabt hatte - dabei war er doch der Einzige, der sie wirklich liebte ...

Das macht sich als Filmstory recht gut, bekommt aber in der Realität einen leicht bitteren Beigeschmack. Damals kamen mir die ersten Zweifel, ob es mir nicht eines Tages auch so ergehen würde, und ich nahm mir vor, sie jetzt endgültig zu fragen.

Aber als ich sie das nächste Mal sah, erzählte ich ihr nur von diesem Film, aber gefragt habe ich sie nicht. Die Feigheit hatte ein weiteres Mal gesiegt! Ich mag das Schachspiel nicht, da ein scheinbar unbedeutender erster Zug im zehnten den Fall der Dame bedingen kann.

II.

Es war der Kampf um den Raum. Einerseits um den Raum um uns, in dem wir lebten und andrerseits waren unsere Körper auch nichts anderes als ein beweglicher Raum, von dem wir glaubten, er gehöre uns.

In ihrem Garten stand ein kleines Holzhäuschen mit einem Giebeldach, von dem die ersten Dachziegel bereits herunterfielen und rote Fensterläden hatte es auch. Genau so stellte ich mir als Kind das Knusperhäuschen von Hänsel und Gretel vor. Damals, wir waren so um die vierzehn Jahre alt, verbrachten mein bester Freund und ich in den Sommerferien beinahe jeden Tag bei ihr. Schon öfters hatten wir versucht, ihre Mutter davon zu überzeugen, uns das Knusperhäuschen für Partyzwecke zu überlassen, denn es diente ohnehin nur als Abstellplatz und Holzlager. Dieses Jahr hatten wir Erfolg. Wir richteten uns einen kleinen gemütlichen Raum ein, stellten einen Plattenspieler in eine Ecke und ans Fenster hängten wir rote Vorhänge. Der erste Kampf und den äußeren Raum war gewonnen - jetzt ging es um den eigenen Platz auf diesen paar Quadratmetern.

Natürlich wollte jeder seinen Platz so nahe wie möglich bei ihr einnehmen, dass der Abstand womöglich verschwindend klein würde. Da hatte es mein Freund erheblich leichter, konnte er doch schon auf einige Erfahrungen mit Mädchen zurückgreifen, die mir fehlten. Ich überlegte mir jeden Abend, wie ich sie wohl am besten fragen könnte, ob sie mir gehen will. Aber ich war viel zu schüchtern, wenn ich vor ihr stand. Eines Tages jedoch war ich voll entschlossen, sie darauf anzusprechen und ich spazierte mit einem gewissen Stolz über mich zu ihr. Ich muss mich getäuscht haben, dachte ich mir, als ich schon von weitem zu sehen glaubte, dass mein Freund mit ihr Hand in Hand daher spazierte. Aber ich hatte mich nicht getäuscht. Sie erklärten mir, dass sie soeben beschlossen hatten, sozusagen miteinander zu gehen.

Da kam in mir zum ersten Mal ein unbeschreiblicher Hass auf, zuerst gegen meinen Freund, der sie eine halbe Stunde vor mir gefragt hatte, dann gegen sie, weil sie ja gesagt hatte und schließlich gegen mich, weil ich zu feige war, sie früher zu fragen. Damals erstickte der Verstand dieses Hassgefühl im Keim, denn ich wusste ganz genau, dass ich mir es im Moment nicht leisten konnte, meinen besten Freund zu verlieren, zumal ich ansonsten niemanden hatte. Und da ich in einigen Wochen weit weg in die Schule musste, wollte ich doch nicht den letzten Kontakt in meiner Heimatstadt aufs Spiel setzen. Was blieb mir also übrig, als meinen Zorn mit einem Lächeln, das nichts erahnen ließ, zu maskieren.

Das Schlimmste waren jene Stunden in unserem Knusperhäuschen, in denen ich in einer Ecke auf einem Sessel saß und mein Freund und sie miteinander schmusten. Ich hätte weinen können, hab es dann auch immer getan, wenn ich abends alleine nach Hause spaziert bin, aber stattdessen hatten sie mich als Aufpasser angestellt, der sie frühzeitig vor der herannahenden Mutter warnen sollte.

Zwischen dem Midnight-blue und den Echoes and Schadows fiel einmal ein herumirrender Gedanke auf nahrhaften Boden. Zwar lag jetzt irgendwo in den engen Korridoren meines Gehirns hinter einer unbekannten Türe dieser Same, aber ich wusste weder, welch ein Gebilde sich daraus entwickeln noch wann ich auf diese Türe stoßen würde, aber er war da. Noch hatte er keine Form, es war nur eine gewisse Ahnung, dass sich daraus etwas ganz Großes entwickeln sollte.

Vorerst zerriss ich in meiner Wut ein Foto von ihr in ganz kleine Stücke und warf diese von unserer Brücke, auf der wir unzählige Stunden saßen, in den Bach. Ich stellte mir vor, welchen wilden Weg dieses einsame Foto noch vor sich hatte, bis es endlich den großen See erreichen würde. Später fiel mir ein, dass nur hundert Meter weiter ein Auffangrechen eingebaut war - es hat den großen See nie erreicht!

III.

No Bambini hat meine Großmutter italienischer Abstammung einmal zu mir gesagt, als sie glaubte, ich könnte in der Lage sein, solche zu fabrizieren. Da haben sie mir überall eingeredet, dass die Schule viel wichtiger sei, als Mädchen - dazu, so meinten sie, sei noch lange Zeit. Und ich glaubte ihnen, die vorgaben, zu wissen, was gut für mich sei.

Die aufkommende Sehnsucht nach Zärtlichkeit und Liebe gaben diesem Samen die nötige Keimenergie. Er zeigte seine ersten kleinen Blätter, unscheinbar und fast gestaltlos. Etwas ganz Besonderes musste es werden. Als meine Freunde ihre ersten intimen Kontakte zu Mädchen hatten und natürlich damit prahlten, nahm dieser Gedanke langsam eine Form an. Ich brauchte das alles jetzt noch nicht, denn ich würde auf sie warten. Ja, ich redete mir ein, dass ich, nachdem sie mir mein Freund damals vor der Nase weggeschnappt hatte, auf sie warten würde - egal wie lange es dauern sollte, denn Zeit war kein Problem.

Mit dieser selbst gebastelten Illusion ließ es sich recht gut leben, bis sie ihr dreimonatiges Praktikum im Gastgewerbe absolviert hatte. Ich wusste zwar, dass sich schon einige Freunde bei ihr die Türschnalle in die Hand gegeben hatten, aber in meiner Naivität kamen mir da keinerlei Gedanken. Als sie nun von ihrem Praktikum zurückkam, zeigte sie mir einige Fotos. Dabei bemerkte ich, dass sie zu Beginn versucht hatte, zwei dieser Fotos unauffällig im Etui verschwinden zu lassen. Als sie einmal kurz das Zimmer verließ, schaute ich mir diese Fotos an. Geahnt hatte ich es, aber jetzt konnte ich es sehen. Zwar war auf diesen Miniaturen nicht viele zu erkennen - zwei Betten, ihre Freundin in einem, sie im Nachthemd vor dem anderen, irgendein männliches Wesen, aber da musste noch ein vierter sein, der nämlich hinter dem Objektiv stand.

Ich verbannte diesen unangenehmen Verdacht in der Weise, dass ich ihn ebenfalls in einen Raum in meinem Gehirn einsperrte und den Schlüssel wegwarf. Irgendwann, so redete ich mir weiterhin ein, kommt meine Zeit.

Manchmal musste dieses Bäumchen, das in meinem Gehirn langsam heranwuchs, allerhand Stürme ertragen, aber davon wurde es nur stärker und die Wurzeln gruben sich immer weiter in die Tiefe. Ich bemerkte, dass meine Musik gerade bei Mädchen seltsame Empfindungen hervorzurufen schien. Einmal spielte ich mit einem Schulkollegen mit meinem Keyboard eine Jugendmesse und in der ersten Bankreihe saß ein Mädchen, das mir sehr gut gefiel. Und wie in einem drittklassigen Liebesfilm sprach ich sie einige Wochen später einmal an und es folgten die schönsten Monate. Als ich im letzten Schuljahr in ein anderes Zimmer umzog, in dem wir endlich ungestört gewesen wären, verlor sich alles. Es war die unausgesprochene Angst, dass wir uns früher oder später auch körperlich näher kommen würden.

Alle Versuche, mit Mädchen in näheren Kontakt zu treten, endeten ausnahmslos im Chaos. Nur einmal, als ich gerade von der Schule wieder zurückkam, schien alles perfekt zu laufen. Ganz unerwartet hatte ich plötzlich die Möglichkeit, mit einem wunderschönen und begehrten Mädchen zu schlafen. Ja, ich lag schon mit ihr im Bett, aber ich hab's nicht getan. Das Bäumchen in meinem Gehirn hatte einen zu starken Stamm entwickelt, als dass es sich hätte so leicht umknicken lassen. Ich erkannte, was sich aus diesem Samen entwickelt hatte. Sie sollte das erste Mädchen sein, mit dem ich schlafen würde, egal wie lange es dauern würde, Zeit war kein Problem. Das Mädchen damals musste sich auch nicht mehr ausgekannt haben, dass man als Junge so ein Angebot so leichtfertig ablehnt, aber ich konnte nicht - ich würde auf meine Chance bei ihr warten.

Mittlerweile war dieser Baum in meinem Gehirn meine Zufluchtsstätte geworden. Wann immer etwas mit einem Mädchen schief ging, lehnte ich mich an seinen Stamm und schaute seine herrlich blauen Blüten an. Ich träumte dann oft von der Legende, die erzählte, warum diese Blüten so wunderschön blau sind und vergaß dabei das erneute Scheitern. Früher sollten diese Blüten weiß gewesen sein. Der Sohn Gottes saß immer unter diesem Baum und schrieb seine Gedanken in ein kleines Buch, das er mit sich führte. Eines Tages jedoch schlief er ein und es begann in Strömen zu regnen. Die Buchstaben lösten sich auf und die Tinte rann in einen nahen See. Die Sonne hob dieses Wasser zu den Wolken empor und diese ließen es zärtlich auf den Baum tropfen, unter dem er immer noch schlief. Als er am nächsten Morgen erwachte, erschrak er, als nur noch weiße Blätter vor ihm waren. Erst später, als er den Baum von weitem betrachtete, begriff er, dass seine Worte für alle Menschen durch diese blauen Jacarandablüten sprechen würden.

IV.

Im Glauben gestärkt, dass es ja doch nicht so schwer war, ein Mädchen zu fragen, griff ich zu einem rhetorischen Kunstgriff und startete meinen ersten Versuch, sie vorsichtig anzutippen. Ich ging das Experiment ganz klug an und sagte zu ihr, was sie antworten würde, wenn ich sie fragen sollte, ob sie mit mir schlafen würde. Damit hatte ich sie ja nicht direkt gefragt und konnte jederzeit einen Rückzieher machen. Ein Nein hätte ich in meiner Euphorie sicherlich überhört und bei einem Ja hätte ich sie vermutlich gleich gefragt. Ich stellte ihr diese Frage im Auto, und sie beschäftigte sich daraufhin mit dem Rückspiegel, dann klickte sie den Sicherheitsgurt ein und meinte, dass sie damit einen guten Freund verlieren würde. Damals wusste ich auf diese Antwort nichts zu erwidern, aber mir war nur wichtig, dass sie nicht Nein gesagt hatte.

Sie arbeitete dann ein Jahr in Amerika, eine Saison da und eine Saison dort. Die Nobelherbergen der näheren und weiteren Umgebung waren in dieser Zeit ihre Heimat. Wenn sie wieder für einige Wochen oder Monate zurückkam, erzählte sie von diesem und jenem Freund und ich hörte Woody Allen im Inneren leise klopfen, denn ich hatte ihn auch eingesperrt.

Bevor sie wieder zur nächsten Wintersaison in ein Nachbarland abreiste, machten wir uns einen schönen Abend in einem italienischen Restaurant. Obwohl ich wusste, dass sie schon ein Jahr lang einen Freund, der ihr von irgendeiner Saison geblieben war, hatte, erzählte ich ihr damals von meinem geheimen Baum, dass ich noch mit keinem Mädchen geschlafen hatte, weil ich mir wünschte, sie solle die erste sein. Mit diesem Geheimnis rückte ich natürlich erst heraus, als sie mir erzählte, dass sie mit ihrem Freund größere Schwierigkeiten habe und mit Ende dieser Saison mit ihm Schluss machen wolle. Da witterte ich meine Chance, auf die ich schon seit sieben Jahren gewartet hatte. Im Frühjahr sollte sie endlich alleine zurückkommen.

Etwa zur gleichen Zeit brachte ein anderes Mädchen meinen Gedankenbaum beinahe zu Fall. Ich hatte sie nach vielen Jahren wieder kennen gelernt, nachdem sie mit ihrem Freund Schluss gemacht hatte. Von Italien, wo sie für einige Monate arbeitete, schrieb sie mir, dass wir uns, wenn sie zurückkomme, öfters sehen sollten ... Ich muss das damals falsch aufgefasst haben, denn als sie wieder daheim war, redete sie mit mir kaum.

In dieser Zeit klopfte dieser Woody Allen so laut an seine Türe, dass ich ihm versprach, ihm in der Nacht einmal zuzuhören. Da fragte der mich doch glatt, ob ich Idiot denn noch nicht kapiert habe, warum er damals diesen Film gemacht habe. Ich würde nun schon sieben Jahre auf ein Mädchen warten, das schon mit zu Vielen geschlafen hatte, als dass es sich lohne, noch länger auf sie zu warten. Ich solle doch die sich bietende Chance mit der Neuen wahrnehmen und sie zu Silvester fragen, ob sie mit mir schlafen wolle. Das wäre doch ein gebührender Beginn des neuen Jahres, denn schließlich würde es langsam Zeit.

Der Rat schien bei genauerer Betrachtung gar nicht so übel. Mir ging es damals sehr schlecht und ich glaubte, ein Mädchen könnte mir wirklich gut tun. Nur hatte ich eine unheimliche Angst, gerade sie zu fragen. So kam diese Silvesterparty immer näher und ich glaubte durchzudrehen, weil ich nicht wusste, was ich tun sollte.

Als wir dort nun einmal alleine waren, fragte ich sie dann doch. Mit ihrer Antwort hatte sie meinen empfindlichsten Punkt genau in der Mitte getroffen, als sie sagte, sie würde mit jedem ins Bett gehen, nur nicht mit mir. Da krachte mein ohnehin schon angeschlagenes Selbstbewusstsein wie eine Holzstütze in einem Bergwerk, das einzustürzen droht. Ich irrte dann stundenlang planlos im Schnee herum und hätte diese eisige Nacht beinahe nicht überlebt. Damals ahnte ich nur, dass diese Aussage wohl eine der taktlosesten Bemerkungen ist, die eine Frau gegenüber einem Mann machen kann.

Mir fehlte immer mehr ein realer Bezug zur Liebe und Sexualität. Jedenfalls bewirkte dieses Erlebnis, dass ich meinen Gedankenbaum jetzt umso mehr pflegte und dem guten Woody Allen vorerst nichts mehr zu essen gab.

V.

Man hört die Geschichte von tibetischen Mönchen, die eine lange Reise zu einem benachbarten Kloster unternehmen. Zwei Tage vor ihrer Ankunft informiert einer dieser Mönche einen seiner Kollegen im Kloster auf mysteriöse Art von ihrem Vorhaben, und als sie ankommen, wurde schon ein großes Willkommensfest organisiert. Oder man denkt an einen lieben Menschen und im gleichen Moment ruft dieser an. Das sind Begebenheiten, bei denen ein westlich orientierter Geist bei einem Erklärungsversuch tief in die parapsychologische Kiste greifen muss. Geht man aber von unserer einfachen Vorstellung vom Menschen einen Schritt weiter und schaut, welche Vorstellungen darüber aus dem alten Indien oder Tibet überliefert wurden, scheinen solche Erlebnisse nicht als Ausnahmen auf, sondern sind geradezu im Aufbau des Universums bedingt.

Nach altindischer Anschauung[8] offenbart sich das Universum in zwei grundlegenden Eigenschaften: Als Bewegung und als das, worin diese Bewegung stattfindet, nämlich Raum. Dieser Raum ist das, wodurch die Dinge in Erscheinung treten, das heißt, Ausdehnung und Körperlichkeit besitzen. Das Wesen des Raumes erschöpft sich jedoch nicht in unserer Dreidimensionalität, es umfasst alle Möglichkeiten der Bewegung, nicht nur der Körperlichen, sondern auch der geistigen, das heißt, unendliche Dimensionen. Das Prinzip der Bewegung aber ist der gewaltige Rhythmus des Universums, in dem Weltentstehungen und Weltvergehungen einander folgen wie Einatmung und Ausatmung im menschlichen Körper und in dem der Lauf der Sonnen und Planeten ebenso beschlossen ist, wie der Umlauf des Blutes und die Ströme psychischer Energie.

Das menschliche Individuum hat demnach fünf sich durchdringende „Hüllen" oder Körper. Die dichteste und äußerste dieser Hüllen ist der aus Nahrung gebildete physische Körper, die nächste ist die diesen Körper durchdringende, atemgenährte, aus der Bewegung gebildete, feinstoffliche Hülle, die man ätherischen Körper bezeichnen könnte. Die nächst-feinere Hülle ist die durch unser aktives Denken gebildete Persönlichkeit: unserer Gedankenkörper. Die vierte Hülle ist der über unser aktives Denken hinausgehende, die Gesamtheit unserer geistigen Fähigkeiten umfassende, potenzielle Bewusstseinskörper. Die letzte und feinste, alle vorhergehenden durchdringende und zugleich „innerste" Hülle, ist der von Freude genährte, aus Freude gewobene Körper des höchsten, universellen Bewusstseins, den man „Körper der Entzückung" nennen könnte.

So wie ein elektrischer Strom durch Kupfer, Wasser oder Silber fließen und, wenn die Spannung hoch genug ist, selbst ohne einem Leiter durch den Luftraum springen oder als Radiowellen sich fortpflanzen kann, so kann der Strom psychischer Kraft sich sowohl des Atems, des Blutes oder der Nerven bedienen und bei genügender Intensität, auch ohne oder über diese Medien hinaus sich dem Raum mitteilen und in unendliche Fernen wirken.

Dieses Nicht-Gebunden-Sein eines Teils des Bewusstseins an den physischen Körper habe ich vor einigen Jahren erfahren, als ich nach westlicher Interpretation für einige Minuten sozusagen "klinisch tot" war und das Phänomen der höchsten Freude außerhalb meines physischen Körpers erleben durfte. Ich habe dann die Fähigkeit entwickelt, meinen Körper willentlich zu verlassen, um diese wunderschöne Erinnerung immer wieder neu zu erleben. Immer öfter, wenn es mir nicht gut ging, habe ich die Flucht nach oben angetreten. Das sollte noch eine entscheidende Bedeutung in meiner Beziehung zu ihr erlangen, da ich nie sicher wusste, ob ich einmal die Kraft oder den Willen nicht mehr aufbringen konnte oder wollte, wieder in meinen Körper zurückzukommen.

VI.

Nachdem zu Silvester mein Selbstbewusstsein in Sachen Mädchen endgültig geknickt war, konzentrierte ich mich auf das Ende der Wintersaison, wo sie ja irgendwann im Frühjahr zurückkommen musste. Nichts mehr sollte meinen Gedankenbaum zu Fall bringen - wenn sie zurückkommt, wollte ich sie endgültig fragen.

Einmal, in dieser Zeit des Wartens, träumte ich folgendes: Wir saßen uns nackt in einer Badewanne gegenüber und zwischen uns spielte ein Kind mit dem Wasser. Dieser Traum ließ mich lange nicht mehr los, denn es wäre nicht das erste Mal gewesen, dass sich mir in Träumen bevorstehende Geschehnisse in verschlüsselter Form mitgeteilt hätten.

Eines Tages versäumte ich meinen Anschlusszug und musste zu Fuß nach Hause gehen. Als ich aus einer Unterführung herauskam, fuhr gerade das Auto ihres Freundes vorbei. Ich blieb stehen und schaute, wer aussteigen würde, denn sie wohnte nur hundert Meter weiter. Tatsächlich war sie mit ihrem Freund zurückgekommen. In diesem Moment begannen meine Gedanken einen Amoklauf, die Wurzeln meines Baumes sprengten alle Absperrungen und versuchten, sich in anderen Räumen festzuklammern - sie durchbrachen alle Türen, die ich seit sieben Jahren verschlossen hatte, und plötzlich waren alle Erlebnisse von früher frei und schwirrten gleichzeitig im Gehirn umher - die Stunden im Knusperhäuschen, das Foto vom Praktikum, Woody Allen; alle lachten sie mich aus und ich war kurz davor, durchzudrehen.

Nachdem ich mich wieder einigermaßen gefasst hatte, sagte ich mir, dass er sie sehr wahrscheinlich nur nach Hause gebracht habe, weil es auf dem Weg liege. Sie hatte doch gesagt, dass sie mit ihm Schluss machen werde ... Um meinen Baum, der sich jetzt mit seinen

Wurzeln überall festgefressen hatte, nach dem ersten Sturm zu schonen, dachte ich vorläufig nicht an die zweite Variante.

An diesem Abend begannen wieder diese Angstattacken, deren erste damals zum Verlust meines Bewusstseins geführt hatte und ich das Gefühl hatte, meinen Körper zu verlassen. Es war, als hätten Gott und der Teufel ein Schlachtfeld aus meinem Gehirn gemacht und schleuderten mit Gedankenfetzen umher. Das Blut musste immer mehr Nachschub herbeischaffen und das Herz konnte dieses Tempo kaum mehr halten, bis alles im Chaos endete. Ich hatte mit den Jahren gelernt, die Angstattacken in einem frühen Stadium abzuwürgen, als ich merkte, dass sehr helles Licht einen Waffenstillstand hervorzurufen schien. Da ich genau wusste, dass diese Attacken im schlimmsten Fall mit dem Verlust eines Teils meines Bewusstseins endeten, war schon die Angst vor diesem Szenario schlimm genug.

Ich konnte kaum mehr schlafen und meine Verfassung war auch nach außen hin nicht mehr zu verleugnen. Nach einigen Tagen trafen wir uns in einem Cafe und hatten uns viel zu erzählen. Als wir nach Hause spazierten, sagte sie plötzlich, dass sie ihre Regel seit zwei Monaten nicht mehr gehabt habe. Ich schmunzelte vor mich hin, da ich glaubte, mir eingebildet zu haben, was sie eben erzählte. Als sie mich dann fragte, was es da zu Lachen gäbe, war mir wirklich nicht mehr danach, denn sie hatte es tatsächlich gesagt. Ich versuchte ihr mein Schmunzeln zu erklären, indem ich ihr von meinem Traum vor - ja wann? - vor zwei Monaten erzählte, von dem Kind zwischen uns...

Sie meinte zwar, sie sei sich nicht sicher, denn der erste Schwangerschaftstest wäre negativ ausgefallen, aber ich wusste es - verdammt, ich habe es seit zwei Monaten gewusst, dass sie von ihrem Freund schwanger war.

In diesem Moment kam ich mir vor wie dieser Mann, der aus dem zwanzigsten Stockwerk eines Hauses gesprungen war und bei jedem Stock, an dem er vorbeikam, sagte: Bis jetzt ist es ja noch gut gegangen! Ich sah plötzlich den harten Asphalt unter mir, auf den ich unweigerlich zusteuerte. In den Wipfeln meines Gedankenbaumes rauschte es und der Sturm wurde heftiger.

VII.

Es folgten unzählige Gespräche über ihr Kind. Sie war ohne Zweifel in einer verzwickten Lage, wo sie ein Kind am allerwenigsten brauchen konnte. Mit ihrem Freund, mit dem sie, wie sie einmal erzählte, immer weniger zu reden wusste, konnte sie jetzt auch nicht einfach Schluss machen. Durch die ganzen Umstände um sie herum, wollte sie dieses Kind einfach nicht, ja sie sprach auch schon von einer Abtreibung.

Als sie wieder einmal davon erzählte, dass sie mit ihrem Freund keine Gesprächsbasis habe, erzählte ich ihr, dass es zwar toll sei, einen Freund zum Pferdestehlen zu haben, aber dass man sich auch überlegen sollte, was passieren wird, wenn der Stall einmal voll ist. Ein anderes Mal erzählte ich ihr die Geschichte einer Frau, die nicht wusste, für wen sie sich entscheiden sollte, für den gutaussehenden reichen Mann oder den Freund, der zwar nicht reich und besonders schön war, aber den sie schon lange kannte. Es ist wie mit einem Kuchen und einem Stück Brot, sagte ihr jemand. Der Kuchen mag zwar im Moment besser schmecken, aber auf die Dauer wird einem davon schlecht, jedoch vom Brot kann man sich nie abessen.

Ich war mir meiner aussichtslosen Lage sehr wohl bewusst, aber als es eines Tages darum ging, ob ich sie ein Wochenende in eine andere Stadt begleiten würde, kam es zu der Frage, die ich mich jahrelang nicht getraut hatte zu stellen. Obwohl sie in dieser Situation geradezu lächerlich schien, musste ich sie endlich stellen. Sie sagte, dass ich für sie ein guter Freund sei, aber schlafen würde sie nicht mit mir, das hätte sie mir auch schon vor fünf Jahren sagen können. Ich hatte also sieben Jahre umsonst gewartet.

Von nun an ging es zuerst täglich und später stündlich abwärts und ich wusste, wohin ich zusteuerte. Der Baum war gefallen und war dabei, meinen Lebensfaden abzureißen.

Als es gewiss war, dass sie ein Kind erwartete, fuhr sie einige Tage zu ihrem Freund, um ihre Zukunft abzuklären. Da hatte ich den zweiten Traum, und zwar träumte ich, dass sie Blutungen bekommen hatte. Nach einigen Tagen kam sie wieder zurück und als ich sie besuchte, lag sie auf dem Sofa im Wohnzimmer, hatte Bauchschmerzen und erzählte mir, dass sie Blutungen bekommen habe. Aber jetzt behielt ich meinen Traum für mich. Ich wartete oft stundenlang in der eisigen Kälte im Regen in der Nacht vor ihrem Haus, um sie vielleicht zu sehen. Eines Tages, während sie weg war, drehte ich beinahe durch und beschloss, bei einem Arzt Hilfe zu suchen. Nach diesem Besuch schwebte ich über ein Jahr lang in einem emotionalen Vakuum und musste alle Einstellungen und Vorstellungen zu Liebe und Sexualität neu überdenken.

Während sie diese paar Tage bei ihrem Freund war, begann ich damit, die Reste des umgestürzten Baumes wegzuräumen. Den Beginn dazu lieferte eine Novelle, in der sich der Protagonist mittels eines Kindes an dessen Mutter heranmachen wollte, weil er sie sonst nicht bekommen hätte. Es ging schief.

Was hatte ich denn in der letzten Zeit anderes getan. Ihr Kind kam mir irgendwie gerade recht, um an sie heranzukommen. Natürlich setzte ich mich für das Kind auch aus anderen wichtigen Gründen ein, aber dieses Motiv musste ich mir auch eingestehen. Mir fiel damals immer wieder die Legende ein, die man sich von einem geheimnisvollen Turm erzählte. Er sollte von einem einzigen Mann errichtet worden sein, der jeden Tag einen Ziegel dazusetzte. Als der Turm fertig war, stieg er empor und sprang herunter.

Ich besuchte sie nicht mehr oft. An einem Wochenende spürte ich im Bereich des Herzens, dass ihr Kind nicht mehr lebte. Als mein Freund bei ihr zu Hause anrief, erzählte ihre Mutter, dass sie im Krankenhaus sei - Sie hatte eine Fehlgeburt. Ich hatte es bereits gewusst.

VIII.

Obwohl ich zu vielen Einzelheiten dieser Geschehnisse keinen Zugriff mehr habe, da mir für diesen Abschnitt das Zeitgefühl völlig abhanden gekommen ist, erinnere ich mich noch ganz genau an zwei Träume, die sie mir nach ihrem Krankenhausaufenthalt erzählt hatte. Ich möchte sie ohne Kommentar wiedergeben:

„Die Krankenschwester schreit im Korridor. Langsam öffnete sich die Zimmertüre und eine alte Frau mit weißen Haaren und einem Schleier, der ihr hässliches Gesicht vernebelte, kam langsam auf mich zu. Sie setzte sich zu mir ans Bett und sagte, ich müsse keine Angst haben, sie würde mir jetzt eine Spritze ins Rückenmark geben, damit ich nicht mehr weglaufen könne. Langsam setzte sie die Nadel zwischen zwei Wirbeln an und zwängte sie hindurch...

-

Ich habe mich freiwillig zu einem Flug auf den Mond gemeldet. Ch. bringt mir eine Spritze mit einer grauslich braunen Flüssigkeit und erklärt mir, dass ich nach dieser Spritze bis zum Abflug schlafen und erst in der Rakete aufwachen werde. Als ich die Spritze genommen hatte, überkam mich plötzlich eine unbeschreibliche Panik. Ich rief meine Mutter, sie müsse sofort einen Arzt mit einem Gegengift rufen. Es war diese furchtbare Angst, ganz alleine und verlassen in diesem Raumschiff aufzuwachen - irgendwo in Richtung Unendlichkeit ...“

IX.

Langsam lernte ich Liebe und Sexualität auseinander zu halten. Ich hatte diese zwei Phänomene vertauscht, das eine für das andere gehalten, vermischt und verwechselt. Aber es sollte nicht lange dauern, bis diese neu gewonnenen Einsichten ad absurdum geführt werden sollten.

Einer Bekannten hatte ich versprochen, bei ihrer Hochzeit zu spielen. Dieser Termin fiel genau in jene Phase, in der es mir am schlechtesten ging und ich nicht gewusst habe, ob ich am nächsten Morgen noch in dieser Welt erwachen würde. Am Abend traf ich dort ein Mädchen, das ich schon seit meiner Kindheit kannte, weil sie oft ihre Ferien bei der soeben vermählten Braut verbracht hatte. Ich hatte sie schon einige Jahre nicht mehr gesehen und freute mich, sie dort zu treffen. An diesem Abend hat sie sofort gespürt, dass es mir nicht besonders gut ging und wollte mir die ganze Nacht zeigen, dass es schön ist, zu leben. Dabei hat sie es geschafft, mich zum Tanzen zu überreden und hat sich fast ausschließlich nur um mich gekümmert. Sie war nicht nur wunderschön, sondern hat auch mit ihrer lieben Art mich all meine Gedanken für eine Nacht vergessen lassen. Diese tolle Nacht war einer der entscheidendsten Punkte, warum ich mich damals entschloss, nicht aufzugeben.

Beim Abschied schauten wir uns so seltsam tief in unsere Augen, als ob es das letzte Mal sein sollte. Oft musste ich an diesen Blick denken, bin in der Nacht aus Träumen aufgeschreckt und habe diesen Blick vor mir gesehen. Es war tatsächlich das letzte Mal. Heuer wollte ich mich bei ihrem Geburtstag für diesen wundervollen Abend bedanken und ihr zeigen, dass es mir jetzt wieder gut geht. Aber dazu sollte es nicht mehr kommen, denn kurz davor fuhr sie mit ihrem Auto gegen eine Gartenmauer und das Lenkrad hat ihr eine Rippe mitten durchs Herz gestochen.

Bis dorthin war Zeit für mich kein Problem. Aber jetzt ist es das größte, das mir ewig bleiben wird. Dieses Mädchen war meine große Hoffnung für die Zukunft, aber was bedeutet schon Zukunft in der Perspektive des Todes? Zuviel Zeit habe ich vertan, ohne zu leben. Ich werde diese verlorene Zeit nie mehr nachholen können.

Der Tod dieses Mädchens hat meine neu gewonnenen Einstellungen so zum Wanken gebracht, dass sie beinahe eingestürzt wären. Ich wollte nach dem Tod meines Gedankenbaumes auf ein Mädchen warten, mit dem die Sexualität der größte Ausdruck der Liebe sein sollte. Da glaubte ich sie endlich nach einer so langen Odyssee gefunden zu haben, und dann stirbt sie.

Ich habe mich dann an einen Ausspruch von einem der größten buddhistischen Weisheitslehrer, gehalten, der gesagt hat, es sei besser, einen falschen Weg zu Ende zu gehen, als niemals einen Weg zu haben! Ob mein Weg falsch ist, kann ich erst hinterher beurteilen, aber ich werde ihn weitergehen!

X.

Seit fast einem Jahr hat sie sich nicht mehr gemeldet, obwohl wir vor ihrer letzten Abreise ausgemacht hatten, dass wir einander schreiben und sie sich mit mir in Verbindung setzt, sobald sie wieder zurückkommt. Einmal an einem Nachmittag hatte ich wieder im Bereich des Herzens diese Wahrnehmung, wie ich sie von früher kannte. Am Abend ging ich bei ihrem Hause vorbei, da ich dieses seltsame Gefühl beinahe ein Jahr nicht mehr gehabt hatte. Und da stand wieder das Auto ihres Freundes vor dem Haus. Ich habe das zwar geahnt, aber nun wusste ich es, dass sie immer noch bei ihm war. Einmal an diesem Abend kam mir noch das Murphysche Gesetz in den Sinn, wonach alles schief geht, was schief gehen kann.

Manchmal kommt mir vor, als habe ich das alles nur geträumt, und dann denke ich mir, ob nicht das Leben selbst ein langer Traum ist und erst mit dem Tod das große Erwachen kommt. Irgendwo hat mich heute ein Mädchen angelächelt, einfach so, und wenn ich mir sicher sein könnte, dass sie mich nicht ausgelacht hatte, könnte ich glauben, dass der Sommer nicht mehr weit ist...

Morgen kommt der Weihnachtsmann

Auf der Suche nach Eden
traf ich den Weihnachtsmann
Er sagte zu mir:
„Vergiss nicht, morgen komme ich vorbei!"
„Morgen?", fragte ich erstaunt.
Das war vorgestern –
Hat er wirklich morgen gesagt,
oder war's vielleicht nicht der Weihnachtsmann?

Als er Flügel hatte, fehlte ihm der Himmel. Zu lange schon wartete er auf diesen Augenblick - aber so hatte er sich dieses Zusammentreffen nun wirklich nicht vorgestellt. Ziemlich alle möglichen Variationen spielte er in Gedanken während der letzten Minuten vor dem Einschlafen ungezählte Male durch; wo und wie er sie vielleicht sehen würde und besonders, was er als erstes sagen sollte. Und dann kam alles so ganz anders. Es war wie eine Sequenz aus einem Schachteltraum.

Er fuhr mit einem Zug, den er ansonsten nur sehr selten nahm, von der Arbeit nach Hause. Gleich nach der Abfahrt musste er eingeschlafen sein, erwachte kurz in einem Bahnhof und sah jemanden, der ihm irgendwie bekannt vorkam, im Halbschlaf in den Waggon einsteigen, schenkte dem aber keine weitere Aufmerksamkeit und schlief gleich wieder ein.

Da er diese Strecke schon mehrere Jahre täglich zwei Mal zurücklegen musste, weckte ihn seine innere Uhr meistens zehn Minuten vor dem Aussteigen. Mittlerweile war es draußen schon dunkel geworden. Jetzt stand diese Person, die ihm beim letzten Halt schon aufgefallen war, auf und trug eine Tasche durch den Mittelgang, aber von ihm weg, so, dass er ihn nur von schräg hinten sehen konnte. Er wusste genau, dass er dieses Gesicht von irgendwo her kannte. Während er damit beschäftigt war, herauszufinden, wer das war, erhuschte er einen Blick von einem Mädchen, das gerade aufgestanden war und ebenfalls durch den Mittelgang in den engen Korridor ging.

Jetzt hatte der richtige Späher den Kommandohügel im Gehirn erklommen, löste den Alarm aus und binnen weniger Sekunden war alles auf Angriff eingestellt. Natürlich - vor zwei Jahren hatte sie ihm ihren neuen Freund auf einem Foto gezeigt und scheinbar hatte sich dieses Bild wie ein Farbklecks, der trotz mehrmaligem Waschen nicht herausging, noch blass in der Erinnerung erhalten.

Es war aber so, dass sich bei dieser Triebwagengarnitur der Gang zuerst stark verengte, dass gerade noch eine Person Platz hatte, bevor er in den kleinen Vorraum mit den Türen einmündete. Und dieser wurde bereits von ihnen ausgefüllt. Also blieb er direkt beim Eingang und stand somit nur einige Zentimeter hinter ihr. Das musste er doch ausnützen, so eine Gelegenheit würde sich nicht so schnell wieder bieten, dachte er sich. Denn vor ihm stand sie und wusste nichts davon, und auf der rechten Seite konnte er jetzt unbekümmert ihren Freund betrachten.

Als erstes musste er ein bisschen Schmunzeln, als er daran dachte, was er alles von seinem Gegenüber wusste, und dieser nicht die geringste Ahnung davon haben konnte. Dann fiel ihm plötzlich ein, dass er es ist, der mit ihr schläft, und das Schmunzeln verzog sich wieder aus seinem Gesicht. Anschließend betrachtete er sie schräg von hinten und stellte fest, dass sie immer noch wunderschön war, ja geradezu braungebrannt, und das im November. Als er so hinter ihr stand, bekam er plötzlich Schwierigkeiten, diese seltsame Situation realistisch zu betrachten, denn es war nun mehr als ein Jahr her, dass er sie das letzte Mal gesehen hatte. Und es kam ihm in diesem Augenblick geradezu lächerlich vor, dass er sich vor nicht ganz zwei Jahren wegen ihr umbringen wollte.

Erst kürzlich hatte er gelesen, dass im menschlichen Körper in einem Zeitraum von rund sieben Jahren alle Zellen ausgetauscht werden, dass man auf molekularer Ebene betrachtet also nach dieser Zeit ein neuer Mensch sein müsste. Genau die Zeit, die er auf sie gewartet hatte, und sie doch nicht bekommen sollte. Bei dem Gedanken, dass es womöglich nur ihr knackiger Hintern gewesen sein sollte - der wäre ja demnach nicht mehr derselbe ... Das trieb ihm einige Schweißperlen auf seine Stirn. Da musste doch mehr im Spiel gewesen sein, wegen so einem Hintern bringt man sich doch nicht gleich um, oder doch? Wenn es vielleicht Liebe war, dann muss diese Art doch sehr mit Dummheit verwandt sein.

Das rasche Abbremsen holte ihn wieder auf den Boden zurück. Als der Zug stand, wollte sie auf der Bahnhofseite aussteigen, denn sie wusste offensichtlich nicht, dass man auf Grund des Bahnhofumbaus auf der gegenüberliegenden Seite aussteigen musste. Als sie einige Male erfolglos versuchte, die falsche Zugtüre zu öffnen, fragte er sie, ob sie Probleme mit der Zugtüre habe. Das also, die Frage, ob sie Probleme mit so einer blöden Zugtüre habe, waren die ersten Worte, auf die er sich mehr als ein Jahr vorbereitet hatte. Aber darüber nachzudenken, fehlte ihm im Moment die Zeit, denn auf seine Frage hin, drehte sie sich misstrauisch um, als ob sie sich vergewissern wollte, dass sie sich nicht getäuscht hatte.

Vielleicht hatte sie ja im selben Augenblick an ihn gedacht, und es wäre ihr wohl kaum etwas unangenehmer gewesen, auszusteigen, und womöglich ihn irgendwo am Bahnhof zu sehen. Und dann hört sie seine Stimme, dreht sich um, und er steht wirklich hinter ihr.

Nach der ersten Schrecksekunde begann sie zu erzählen, dass sie seit einigen Tagen auf der Rückreise von einem langen Urlaub in Mexiko sei. Gemeinsam mit ihrem Freund - genau, der war ja auch noch da - und wollte ihn vorstellen, aber er war bereits ausgestiegen. Draußen war es eisig kalt und es schneite ein bisschen. So stellte sie ihm ihren Freund kurz vor - der kannte sich nun überhaupt nicht mehr aus - und sie redete immerfort; vielleicht das Klügste, was einem in so einer Situation einfällt.

Ja, dass sie ihn in den nächsten Tagen anrufen werde, was sie natürlich wie schon so oft nicht getan hatte, und ob er denn nicht mit ihrem Taxi mitfahren wolle - er habe doch denselben Weg, meinte sie noch. Denselben Weg? Er lehnte dankend mit der Begründung ab, dass sein Anschlusszug ohnehin gleich abfahren werde, obwohl er natürlich wusste, dass um diese Zeit keiner fuhr, und ging dann zu Fuß nach Hause. Dass er vergessen hatte, seine Jacke zuzumachen, merkte er erst, als sein Pullover ganz weiß vom Schnee war. Aber das war im Moment das kleinste Problem.

Erst kürzlich hatte er einmal geträumt, dass es nicht die Zeit ist, die alle Wunden heilt, sondern die Liebe. Ein recht eindrucksvoller Traum war das, in dem ihm ein Mädchen, das sich um einen behinderten Jungen kümmerte, diesen gewaltigen Satz sagte:

„Es ist nicht die Zeit, die alle Wunden heilt, sondern die Liebe!"

Er wachte damals schweißgebadet auf und hätte sich gerne mit diesem Mädchen noch länger unterhalten, aber er konnte sie nirgends mehr finden.

Etwas später pflegte er zu behaupten: „Die Welt ist eine Gedankenbieger und Bilderleben Kompanie". Er stellte nämlich im Laufe der Zeit fest, dass man Gedanken biegen konnte, ja sogar verknoten. „Ich liebe dich" wäre demnach die kürzeste verbale Verbindung, jemanden seine Liebe mitzuteilen, „Ich habe dich lieb" beinhaltet eine leichte Biegung und etwa „Ich mag deine Haare" nimmt schon einen größeren Umweg in Kauf. Der Knoten wäre dann bei der Bemerkung „Ich hasse dich" perfekt, die eigentlich das Gegenteil bedeuten sollte. Und dass sich die meisten Beziehungen in stereotypischen Bildern abspielen, wurde ihm auch immer mehr zur Gewissheit. So verteidigte das Bild vom wunderschönen, netten Mädchen aus der Jugendzeit sein Territorium so stark gegen Eindringliche wie ein Bild, das sie womöglich vom ihm hatte - der verständnisvolle Junge, mit dem man über alles reden kann, ohne Angst zu haben, dass ... Auf diesen Bildern wurden in den Jahren neue Einzelheiten entdeckt, unpassende Farbvariationen übermalt, kleine Kratzer restauriert, aber das jeweilige Bild als solches überlebte und blieb immer die Basis der Beziehung. Was hatten sie denn noch gemeinsam, außer ein paar verzerrte Erinnerungen aus längst vergangenen Tagen?

Eine Mitteilung, dass sie mit ihrem Freund nicht mehr zusammen sei, riss diese alte Wunde noch einmal auf, denn scheinbar hatte ein Funken Hoffnung die Löschaktion vor zwei Jahren irgendwo überlebt. Diese beiläufig angebrachte Bemerkung während eines Gesprächs hätte ihn während der darauf folgenden Nacht beinahe um seinen Verstand gebracht. Wenn er sich vor irgendetwas fürchtete, dann vor dem Durchdrehen seines Geistes - vom Wahnsinn. Und er wusste nur allzu gut, dass dieser immer irgendwo auf seine Gelegenheit wartet.

Das ist kein scharfer Übergang vom Normalsein zur Verrücktheit, abgesehen davon, dass die Definition von normal schon im Ansatz unmöglich ist. Nein, es ist wie ein Wanderer, der in einem Wald spazieren geht. Jemand warnte ihn vielleicht sogar, dass irgendwo durch diesen Wald eine Staatsgrenze verlaufe. So spazierte dieser Wanderer nun durch den Wald und befand sich schon oft weit ihm anderen Territorium, ohne dass er es gewusst hätte. Als er jedoch einmal aus dem Wald herauskam, wollte er den ersten Menschen fragen, wo er denn hier sei. Aber dieser schaute ihn nur merkwürdig an und ging weiter. Beim Nächsten das Gleiche, bis er feststellte, dass sie alle in einer anderen Sprache redeten und ihn nicht verstanden.

Fand er gleich den Weg dorthin zurück, von wo er gekommen war, so mag er Glück gehabt haben. Wenn aber nicht, so würde er vermutlich bald in eine Panikreaktion verfallen, da er sich niemanden verständlich machen konnte. Sie würden ihn dann, sollte er allzu lästig werden, sicher einsperren. Während dieser Nacht überschritt er diese Grenze, und als ihn der Erste so merkwürdig anschaute, rannte er so schnell er konnte zurück in den Wald und irrte die ganze Nacht darin umher, bis er am Morgen aus dem Wald heraus fand und bekannte Gesichter und Stimmen erkennen konnte. Die Klauen des Wahnsinns hatten ihn bereits im Würgegriff, aber im letzten Moment konnte er ihnen entwischen. Eines wusste er nach diesem Kampf, dass nämlich das letzte Stadium vor dem Durchdrehen eine lange Zeit der Einsamkeit ist.

Als er dann etwas später einmal von ihr erfuhr, dass sie nun wieder mit eben diesem Freund zusammen sei, tat sie ihm irgendwie leid, denn sie hätte ganz einfach einen anderen verdient.

Manchmal wünschte er sich, dass der Weihnachtsmann den Richtigen für sie aus seinem Sack hervorzaubern würde. Dass ER es nicht sein sollte, war ihm seit einiger Zeit bewusst.

Als er sie nun kürzlich sah, begann er mit kindlichem Staunen beinahe wieder an den Weihnachtsmann zu glauben. Ihre Augen strahlten   und es war nicht zu übersehen, dass sie scheinbar den Richtigen gefunden hatte. Jetzt blieb ihm nur noch zu hoffen, dass der Weihnachtsmann auch noch jemanden für ihn in seinem Sack bereithielt. Wann sagte er, dass er vorbeikomme? Morgen ?

Nikos Kazantzakis sagte einmal, dass man den Menschen ihren Glauben lassen sollte, wenn man ihnen nichts Besseres anzubieten habe.[9]

Als Denunziant des „Gesunden Menschenverstandes" habe ich mich in eine Welt unpopulärer Betrachtungen begeben, denn als ich mich nach dem Tod von Dominique auf die Suche nach ihr „dort drüben" machte, wollte ich mir und der Welt beweisen, dass es ein persönliches Weiterleben im christlichen Sinne gibt.

Was ich fand, war nicht gerade Gold …

Gold war es nicht

Während der letzten Zeit hatte ich mich öfters dabei ertappt, dass, wenn mir ein Mädchen gefiel, der zweite Blick gewöhnlich ihrer rechten Hand vorbehalten war, um zu schauen, ob ich einen Ehering entdecken konnte. Dieses Phänomen war deshalb recht seltsam, weil ich im Grunde nicht daran dachte, zu heiraten.

Das konnte ich mir aus mehreren Gründen nicht mehr vorstellen. Ja, vielleicht mit einer Frau zusammen zu leben, aber heiraten? Wenn ich mir nämlich nur ein paar Sequenzen dieser Versprechungen bei der kirchlichen Zeremonie vorstellte, etwa „Ich will Dich lieben, bis dass der Tod uns scheidet", hieße das genau genommen, dass ich meine Frau umbringen müsste, wenn ich nicht mehr mit ihr zusammenleben wollte. Oder schon die reine Formulierung „Ich will Dich lieben" basiert auf einem riesigen Irrtum, denn lieben kann man doch nicht wollen - das liegt jenseits des Denkens und der Zeit! Aber abgesehen von diesen kleinen rhetorischen Einwänden, wusste ich ja nicht, wer mich denn überhaupt nehmen würde.

Ich hatte in meinem bisherigen Leben noch nicht viele Mädchen kennen gelernt, die meiner Liebe wert gewesen wären, was heißt wert gewesen - sie wussten ganz einfach nichts mit ihr anzufangen.

Vielleicht, dachte ich mir manchmal, vielleicht werde ich ja doch einmal heiraten. Wenn die Resignation noch länger so anhielt, könnte es durchaus passieren, dass mir auch das noch gleichgültig wäre. Es war aber nicht so, dass ich gegen die Ehe etwas hatte, ich veränderte lediglich während der letzten Zeit meine Perspektive dazu ein bisschen. Als mir vor einigen Jahren ein Mädchen beibringen wollte, dass sie niemals heiraten wolle, verteidigte ich diese Institution aufs Heftigste, wusste zwar selbst nicht wieso, aber ich tat es trotzdem. Heute würde ich ihr vermutlich zustimmen und sie fragen: „Na, wie wär's, wollen wir beweisen, dass es nicht geht!" - und es würde funktionieren - ganz bestimmt.

Der fundamentalste Grund einer Ehe ist bestimmt nicht die Liebe, so banal dies klingen mag, sondern das erwünschte Gefühl der Sicherheit. Ganz gleich, ob materiell, sexuell, emotional ... Es ist diese lächerliche Vorstellung, dass man sich auf seinen Partner hundertprozentig verlassen kann. Das hat bestimmt nichts mit dem gegenseitigen Vertrauen zu tun, das unbestritten die Basis jeder Beziehung darstellen sollte, aber diese vermeintliche Sicherheit gibt es ganz einfach nicht! Eine Einsicht, die ich von einer Reise an den Grenzen des SEINS mitbrachte.

Damals glaubte ich, nach jahrelangem Suchen, endlich das richtige Mädchen gefunden zu haben. Und da ich meine Fehler nicht gleich wiederholen wollte, ließ ich mir Zeit, denn ich dachte, dass wir unser ganzes Leben noch vor uns hatten. Ich überlegte gerade, was ich ihr zum Geburtstag schenken sollte, als ich an einem 14. Juli, als ganz Frankreich VIVAT rief, von ihrem TOD erfuhr. Sie war mit ihrem Auto gegen eine Gartenmauer gefahren, nicht mehr als einen Meter hoch, und das Lenkrad stach ihr eine Rippe mitten durchs Herz...

Woran erkennt man, dachte ich mir, als ich sie das letzte Mal im Sarg sah, woran erkennt man den Unterschied zwischen einem Sonnenaufgang und einem Sonnenuntergang, wenn man nur die Sonne und den Horizont sehen kann? Ich hätte schwören können, dass die Sonne gerade aufging, dabei verschwand sie im selben Augenblick hinter dem Horizont. Ich hatte das grüne Leuchten übersehen.

Immer wenn ich heute nach Lugano fahre, denke ich mir, dass man sich nichts zu sehr wünschen sollte, denn es könnte in Erfüllung gehen. Ihre Eltern wünschten sich, dass sie mit ihnen nach Lugano zieht, aber sie wollte ihre alte Umgebung und ihre Freunde nicht verlassen. Die Ironie des Schicksals wollte es, dass ihre Eltern sie dann doch noch mitnehmen konnten – in einer Urne, die nun hoch über dem Luganosee im Friedhof von Origlio ganz in der Nähe ihres Hauses für immer eingemauert ist.

Diesen Tod wollte ich lange Zeit nicht akzeptieren. Damals glaubte ich nämlich noch an die christliche Version von einem Leben danach und wollte mir und der Welt beweisen, dass sie in diesem Sinne noch lebte. Vergeblich - so sehr ich mich auch bemühte, mit ihr in Kontakt zu treten, ich hatte bereits nach einigen Wochen die größten Schwierigkeiten, sie mir vorzustellen, ihr Bild zerrann mir immer mehr zwischen meinen Fingern. In dieser trostlosen Lage beschloss ich, mich mit dem Leben und dem Tod anzulegen.

Als erstes musste entschieden werden, ob das Leben überhaupt einen Sinn hat. Zu meiner großen Überraschung musste ich feststellen, dass das Leben als solches

SINN-LOS war und diese Frage falsch gestellt war. Sinnlos nicht im Gegenteil von sinnvoll, sondern in der tiefsten Bedeutung des Wortes. Das Leben hat keinen Sinn, der ihm innewohnt. Dieser "Sinn" wird ihm immer nur von außen, von denkenden Geschöpfen zu erdacht, es ist also im wahrsten Sinne des Wortes SINN-LOS. Und außerdem war diese Frage eine Stufe zu hoch gestellt, denn unter der Sinnfrage, steht die Frage des SEINS. Das Leben IST - nicht mehr und nicht weniger!

Analogien sind unbestritten eine große Hilfe, komplizierte Sachverhalte anschaulich darzustellen. Aber ich war mir auch immer bewusst, dass ein Wort, ein Begriff, eine Formel etc. niemals das Ding selbst ist, sondern nur ein verbalisiertes Symbol - ein Stück kristallisierte Zeit. Oder hat vielleicht schon jemand von einer Speisekarte ein Stück abgebissen oder einen Schluck von der Formel H_2O genommen? „So tappten viele Gelehrte immer wieder in die Falle der Analogie und haben den Menschen entweder als Tier oder als Maschine, als biochemischer Komplex oder sonst etwas zu erklären versucht. Die größte Schwierigkeit aber bleibt es weiterhin, ein menschliches Verstehen des Menschen in menschlichen Begriffen zu erreichen." [10]

Als ich eines Tages eine gelbe Blume betrachtete, wollte ich wissen, was dieses Gelb denn eigentlich sei. Ich befragte dazu einen Physiker, der so glaubte ich, die Farbenlehre studiert hatte. Dieser erklärte mir, dass gelbes Licht aus transversalen elektromagnetischen Wellen bestehe, deren Wellenlängen in der Nachbarschaft von 590 µµ liegen. Aber das Seltsame sei, dass, wenn man Wellen von 760 µµ, die für sich allein die Empfindung Rot erzeugen, in bestimmtem Verhältnis mit Wellen von 535 μμ, die für sich allein die Empfindung Grün erzeugen, mischt, diese Mischung ein Gelb ergibt, das vom Auge von dem Gelb nicht unterschieden werden könne, das durch die Wellenlänge 590 μμ erzeugt wird. „Und wo ist jetzt das Gelb?", wollte ich wissen.

Der Physiker zuckte mit seinen Achseln und schickte mich zum Physiologen, der von den Vorgängen in der Netzhaut und den von ihnen ausgelösten Vorgängen in den Nerven und im Gehirn Bescheid wissen müsste.

Dieser erklärte mir, dass man natürlich die speziellen Erregungen der Nerven im Gehirn beobachten könne, wenn jemand die Farbe Gelb in seinem Gesichtsfeld habe, aber wo das Gelb war, konnte auch er mir nicht erklären.[11] Das gleiche Problem stellte sich mir, als ich mich fragte, was und wo beispielsweise der Kammerton A in der Musik sei. Die Schwingung von 440 Hertz alleine erklärt noch lange nicht, warum man gerade ein „A" wahrnimmt.

Langsam begann sich die Grenze zwischen Außenwelt und Innenwelt aufzulösen. Ich begriff, dass ich im Grunde die Summe meiner Sinneseindrücke und Erinnerungen war. Stellte ich mir nämlich vor, keine Sinne zu haben, was blieb dann noch übrig?

Nichts zu hören, zu sehen, riechen, fühlen, keine Sprache zu entwickeln, kein Denken in Begriffen und so weiter, hieße, nicht zu leben im herkömmlichen Sinn. Ich würde buchstäblich nur SEIN. Ohne SINNE also kein SINN - sondern SEIN !

Als ich diesen Gedanken weiter verfolgte, erübrigte sich die Abgrenzung zwischen der Welt dort draußen, um mich herum, und der Welt in meinem Inneren. Sinneseindrücke wie das Sehen erreichen das Bewusstsein erst nach 0,3 bis 2 Sekunden, nachdem sie über viele Stationen im Gehirn analysiert wurden. Wenn ich beispielsweise das Klingeln eines Telefons bewusst wahrnehme, hat es tatsächlich bereits vor mehr als einer halben Sekunde geläutet.

Der Mensch verfügt mit fünf Sinnesorganen über eine Brücke zur Welt. Die physikalische Außenwelt von Schallwellen, Photonen, Druckwellen etc. wird über die Sinnesorgane in den Nervenzellen in elektrische und chemische Impulse, in die Sprache des Gehirns übersetzt. Durch diese „Neutralität des neuronalen Codes" können die verschiedenen Systeme und Verarbeitungsbahnen überhaupt erst miteinander kommunizieren. Damit das Gehirn aber weiß, woher die elektrischen Impulse kommen, ob vom Auge oder vom Ohr – werden sie in verschiedenen Teilen des Gehirns separat verarbeitet. Sobald die Signale von den Sinnesorganen ins Gehirn übermittelt werden, geschieht etwas Sonderbares. Die Nervenbahnen verzweigen sich immer mehr und das Bild, welches das Gehirn schlussendlich daraus konstruiert, besteht nicht einmal mehr zu 10 Prozent der beispielsweise vom Auge übermittelten Informationen, 90 Prozent rühren von anderen Gehirnarealen her! Das Gehirn beschäftigt sich demnach ständig mit sich selbst, wie sonst könnten wir beispielsweise träumen. Vieles gelangt gar nicht in unser Bewusstsein, denn es wird vorher ausgefiltert. Die Konstruktion der Wirklichkeit durch das Gehirn erfordert je nach Bekannt-

heitsgrad und Wichtigkeit der einlangenden Sinneseindrücke eben eine Zeitspanne von bis zu zwei Sekunden.

Wahrnehmung ist daher nicht eine Widerspiegelung
tatsächlicher Verhältnisse, sondern immer Deutung. Wir
sehen im Allgemeinen die Welt so, wie wir gelernt haben, wie sie sein soll. Missverstehen ist daher der Nor-
malfall – Verstehen hingegen der Sonderfall. Wissen
kann nur wechselseitig konstruiert werden.

Genauso wie das Gehirn eine Wirklichkeit konstruiert,
bringt es die Illusion des selbstbestimmenden ICH hervor. Das Bereitschaftspotenzial – ein elektrisch messba-
rer Erregungszustand des Gehirns – eine Handlung
auszuführen, startet eine halbe bis zwei Sekunden vor
der bewusst ausgeführten Tat. Der Entschluss, eine
bestimmte Handlung auszuführen, ist also ein später
hinzukommendes Begleitgefühl. Die eigentlichen An-
triebe für unser Handeln liegen in unbewussten Regio-
nen des Gehirns. Wir reagieren also beispielsweise auf
eine Gefahr, lange bevor wir in unserem Bewusstsein
wissen, dass es eng werden könnte und wir analysieren
können, warum das wohl so ist.

Die Gegenwart ist niemals anwesend. Unser Bewusstsein ist hoffnungslos verspätet. Viel weniger als wir
annehmen und glauben, sind wir Herr der Lage oder
besser gesagt, Herr im eigenen Haus. Wir tun somit
nicht, was wir wollen, sondern wir wollen, was wir tun!
Warum glauben wir aber, dass Entschluss und Handlung unmittelbar aufeinander folgen und warum merken
wir nichts von der Verzögerung des Bewusstseins? Das
Gehirn betrügt sich selbst! Es tut alles, um die Tatsache
vor sich selbst zu verbergen, dass das Bewusstsein ver-

zögert einsetzt und projiziert das bewusste Erleben etwa eine halbe Sekunde zurück. Man muss sich nur vor Augen führen, was geschieht, wenn man sich an einer heißen Herdplatte verbrennt. Man zieht blitzschnell die Hand zurück, mit einer gewissen Verzögerung denkt und ruft man „Aua", spürt dann erst den Schmerz und hat doch das Gefühl, dass das Verbrennen, der Schmerz, das Zurückziehen der Hand und der Schmerzensschrei im gleichen Augenblick stattgefunden haben.

Ein grundsätzliches erkenntnistheoretisches Problem bleibt allerdings bestehen: Wir werden niemals einen Zugang zur Realität erhalten, denn das reale Gehirn konstruiert seine Wirklichkeit. Im Rahmen dieser Wirklichkeit beobachtet ein ebenfalls konstruiertes ICH ein fremdes oder das eigene Gehirn. Die Bühne für dieses Schauspiel ist immer die WIRKLICHKEIT – niemals die REALITÄT![12]

Ich rückte immer mehr von einer mechanistischen Sicht der Welt ab und begann das Universum als eine Art Organismus zu sehen. So wie ein Hologramm das ganze Bild im kleinsten Teil enthält, so wie jede Zelle die gesamte Information des Organismus enthält, so ist in jedem Teil des Universums das Ganze impliziert. Die Welt ist in mir.

Den besten Beweis dazu lieferte mir meine Musik. Ich konnte mit denselben weißen und schwarzen Tasten Lieder aller Musikrichtungen spielen. Es ist wie mit dem Weiß, das alle Farben enthält und wer würde beim Betrachten einer Schneeflocke das riesige Meer vermuten, aus der sie entstammte? Selbst der Mensch mit all seinen Organen und komplizierten Kreisläufen ist aus einer einzigen Zelle entstanden! Erst kürzlich wurde durch die Genforschung nachgewiesen, dass alle heute lebenden Menschen – ob Europäer, Asiaten, Afrikaner, Amerikaner usw. – von einer kleinen Gruppe anatomisch moderner Menschen abstammt, die vor rund 150.000 Jahren in Afrika gelebt hat und von dort aus über den nahen Osten die gesamte Erde bevölkerte. Wir stammen somit alle von Afrikanern ab und sind uns näher verwandt als manchem Recht ist, denn diese Menschengruppe, von der alle heute lebenden Menschen abstammen, ist einmal bis auf rund 86.000 Personen geschrumpft. Die heutigen Unterscheidungsmerkmale wie Hautfarbe, Aussehen etc. sind erst vor relativ kurzer Zeit aufgrund klimatischer Anpassung entstanden und sind genetisch nicht einmal nachzuweisen![13]

Zwei antike Maler stritten sich eines Tages, wer von beiden wohl besser malen könne. So beschlossen sie, einen Wettbewerb zu veranstalten, um diese Frage zu klären. Einer der beiden malte einen Vorhang. Als es darum ging, die Kunstwerke zu enthüllen, sagten die Leute zu diesem: „Zeig uns Dein Bild, Meister!"

„Der Vorhang ist mein Bild", erwiderte er.

Genau so arbeitet das Denken. Es verbringt den größten Teil des Lebens damit, alles zu hinterfragen, anstatt die Welt zu nehmen, wie sie ist. Zeig uns, was dahinter steckt, zeig uns, wo der Weg ist, anstatt zu erkennen, dass der Weg das Ziel - der Vorhang das Bild - ist.

Lange Zeit habe ich mich damit beschäftigt, wie es zu diesem Unfall kommen konnte. Erst durch einen absurden Gedanken, kam ich diesem Rätsel auf die Spur.

Wenn man nämlich eine gefrorene Kartoffel an die Wand wirft, so zerfällt sie in einen Haufen Trümmer ganz unterschiedlicher Größe. Ich habe mich gefragt, ob es für diese Bruchstücke eine typische Größe gibt. Es gibt eine große Zahl kleiner Bruchstücke, und die Anzahl der Bruchstücke nimmt mit wachsendem Gewicht exponential immer mehr ab. In welcher Weise eine Kartoffel zerbricht, mag äußerst kompliziert sein – und doch steckt hinter dem komplizierten Vorgang auch ein erstaunlich einfaches Gesetz. Der Trümmerhaufen hat eine Eigenschaft, die man Selbstähnlichkeit nennt: Er sieht in jeder Größenordnung gleich aus, jeder Teil von ihm ist ein kleines Abbild des Ganzen. Es gibt also keine typische Größe für die Trümmer. Es entstehen Bruchstücke über einen riesigen Größenbereich. Die Anzahl nimmt bei doppeltem Gewicht der Bruchstücke jeweils ungefähr auf ein Sechstel ab. Das Erstaunliche daran ist nun, dass alle Katastrophen von Erdbeben, Kriegen, Waldbränden bis hin zu gefürchteten Börsen-Crashs oder Autounfällen diesem einfachen Muster folgen.

Stellt man sich eine Sanduhr vor, in der langsam ein Sandkorn nach dem anderen herunterfällt, so bricht der sich langsam aufgebaute Sandberg bei irgendeinem Sandkorn zusammen. Es ist nur „ein" Sandkorn, das den Berg zum Einsturz bringt – aber niemand kann sagen, bei welchem Sandkorn nur eine kleine Lawine losgeht oder der ganze Sandberg einstürzt. Abgesehen von der exponentiellen Verteilung von Katastrophen, haben sowohl große als auch kleine Katastrophen somit immer dieselbe Ursache. Oder anders ausgedrückt: Eine große Katastrophe braucht keinen besonderen Anlass![14] Somit ist die Vorhersage, ob sich eine große oder kleine

Katastrophe ereignen wird im Ansatz völlig unmöglich. Es kommt einzig auf den kritischen Zustand des Systems an – ob ein Sandkorn eine Lawine auslöst oder den Berg erhöht. Es ist also unvorhersehbar, ob eine kurze Unaufmerksamkeit beim Autofahren zu einer Schrecksekunde oder zum Tod führt.

Die Wahrheit ist ein pfadloses Land. Es steht in jedem Augenblick alles offen. Zwei Zentimeter mit dem Auto von der Straße abgekommen - Kontrolle über das Auto verloren - gegen eine Gartenmauer gefahren - tot. Eindrucksvoller konnte mir das Leben diese Theorie nicht beweisen!

Die zwangsweise Auseinandersetzung mit dem Phänomen des Todes ist beim Verlust eines jungen lieben Menschen mit dem Problem verbunden, dass man sich den Tod gewöhnlich am Ende eines langen Lebens vorstellt. Man schiebt ihn gewissermaßen auf der vorgestellten Zeitachse so weit von sich, dass man ihn womöglich nicht sieht oder zumindest nicht daran erinnert wird, obwohl der Geist genau realisiert hat, dass der Tod immer lauert.

Das Problem liegt aber bestimmt nicht darin, dass keiner wissen kann, was danach geschieht, sondern, dass einige Halblustige seit Jahrtausenden behaupten, dies zu wissen. Mit erhobenem Zeigefinger und offenem Geldbeutel ermahnen sie ihre Schäfchen auf der ganzen Welt, schön artig zu sein, damit sie dort drüben nicht etwa im Fegefeuer schwitzen oder gar ewig in der Hölle schmoren müssen, sondern einen gemütlich Platz in der Nähe von Gott-Vater selbst einnehmen dürfen. Man stelle sich das Gedränge da oben vor, wenn man bedenkt, dass bis heute insgesamt 81 Milliarden Menschen auf der Erde gelebt haben.

Dieses Problem lösten die Kollegen im Osten wenigstens mit mehr Phantasie, denn sie predigten gleich, dass, wer hier nicht schön brav sei, verdammt sei, noch einige Ehrenrunden auf dieser Erde drehen zu dürfen, oder gar als irgend ein Tier wiedergeboren zu werden! Diese Vorstellungen dürften wohl nur „be-schreiben-der Na-tur" sein.

Diese Geschichten können doch nicht mehr, als zur Unterhaltung dienen, und umso mehr ist es verwunderlich, wie sie sich so lange halten konnten. Sie basieren auf der gemeinsamen Vorstellung eines persönlichen Weiterlebens, was heißen will, dass ich mit all meinen persönlichen Erfahrungen und Erinnerungen weiterleben sollte - sonst wäre ich ja nicht ich, sondern könnte jeder sein.

Wie würde man reagieren, wenn man dort drüben etwa dem Mörder seiner Tochter über den Weg laufen würde? Ihn umbringen - einen Toten? Ganz abgesehen davon, wie oder woran man dort jemanden überhaupt erkennen sollte, ist das persönliche Weiterleben, was immer man auch darunter verstehen mag, ganz einfach die unwahrscheinlichste Möglichkeit. Aber für den menschlichen Geist ist es scheinbar beruhigender, wenn er auf solche Geschichten zurückgreifen kann und hofft, vielleicht seine verstorbene Freundin wieder zu sehen.

Bleibt sie dort drüben jetzt immer 23 Jahre alt und wird sie mich überhaupt erkennen, sollte ich erst mit 70 Jahren sterben? Würde eine Frau ihre abgetriebenen Kinder dort drüben begrüßen müssen? Solche und ähnliche Fragen hatte ich mir gestellt, und musste feststellen, dass ein solches Szenarium einfach lächerlich ist.

Nein, es schien mir eher so zu sein, dass man mit dem Paradoxon zu leben hat, dass die Summe aller Einzelbewusstseine immer Eins ergibt.

Wirklich weiterzuleben beschränkt sich auf wenige Möglichkeiten: Entweder in dem man in seinen Kindern weiterlebt, oder im Herzen von anderen Menschen begraben ist und hin und wieder in seine Gedanken aufsteigt. Du bist mein Leben nach dem Tod. Alles andere ist reine Spekulation und je mehr ich mich damit beschäftigt hatte, erkannte ich, dass es keinen Grund gibt, sich vor dem Tod zu fürchten, denn man fürchtet sich viel mehr vor dem Wort TOD mit all seinen Assoziationen, als vor dem tatsächlichen Tod. Denn diesen erfährt jeder in gewisser Weise jeden Abend, wenn er einschläft. Denn im Schlaf, dem kleinen Bruder des Todes, muss jeder sein ICH loslassen, wie er es beim Sterben für immer tun muss.

Als ich mir überlegte, wie man sich ein Weiterleben eigentlich vorstellte, machte ich ebenfalls eine interessante Entdeckung. Denn man stellt es sich immer aus der Perspektive eines Lebenden vor: Ich stelle mir vor, wie ich dort als Toter LEBEN würde; ich schaue als Lebender einem Toten zu, der ebenfalls lebt! Hier überlistet sich das Denken selbst, es kann sich nämlich seinen eigenen Tod überhaupt nicht vorstellen, genauso wenig, wie das Gehirn seine eigene Funktion je erklären wird können.

Berichte von klinisch toten Personen, die wieder „zurückgekommen" sind, als Beweise für ein persönliches Weiterleben heranzuziehen, wäre ein fataler Fehler. Man erinnere sich an die sechs Blinden, die einen Elefanten beschreiben sollten. Der eine berührte einen Fuß und sagte, es sei eine Säule, ein anderer ein Ohr und meinte, es sei ein Fächer, ein weiterer den Rüssel und behauptete, es sei eine Schlange ... Das Problem liegt in der kleinen Stichprobe und der Fehler in der unvorsichtigen Extrapolation.

Eines muss nämlich ganz klar festgehalten werden, dass noch kein einziger Toter je ins Leben zurückgekommen ist! Die Erfahrungen von klinisch Toten liegen nämlich jenseits der Sprache. Sie lassen sich mit Worten nicht ausdrücken. Da jeder aber von klein auf religiös konditioniert ist, wird er natürlich versuchen, diese Erfahrungen in seinen religiösen Begriffen zu veranschaulichen. Die Empfindung von hellem Licht und dem Gefühl der Glückseligkeit mit Gott, Jesus, Buddha etc. gleichzusetzen, ist genau diese unzulässige Extrapolation, denn „Gott" oder den Urgrund erfährt man viel eher in der Dunkelheit und in der Stille, als bei einem Volksfest im Himmel mit Trompetenfanfaren und Engelchören.

Die Vorstellung, dass man nicht als Zuschauer mit einer vom Körper unabhängigen „Seele" den kosmischen Reigen beobachtet, sondern selbst Teil dieser kosmischen Symphonie ist, mag zwar etwas Unbehagen auslösen, ist aber bei genauer Betrachtung ein befreiender Gedanke. Letztlich verhilft diese Einsicht auch zu einer gewissen Demut.[15]

Als ich danach suchte, was mich mit Dominique jetzt noch verbindet, blieb eine GESCHICHTE übrig. Eine Geschichte ist das Muster, mit dem sich alles miteinander verbinden lässt. Am Anfang hat mich eine gewisse Ohnmacht und Traurigkeit begleitet, weil ich glaubte, dass der Tod unsere Zukunft so plötzlich zerstört hatte. Erst viel später bemerkte ich, dass der Tod ein Muster geworden ist, welches uns für immer verbindet. Erst der Tod von Dominique hat mir die Perspektive eröffnet, die angemessene Verhältnismäßigkeit im Leben zu begreifen und das Wesentliche nicht aus den Augen zu verlieren.

Es war nur eine kurze Begegnung, aber ich werde nie mehr so sein wie vorher, denn sie bleibt ein Teil von mir. Auf der Suche nach ihr kam ich mir ein gutes Stück näher und verstehe jetzt die Inschrift auf Nikos Kazantzakis' Grabstein:

Δεν ελπίζω τίποτα
ICH HABE KEINE HOFFNUNG

Δε φοβούμαι τίποτα
ICH HABE KEINE ANGST

Είμαι λέφτερος
ICH BIN FREI

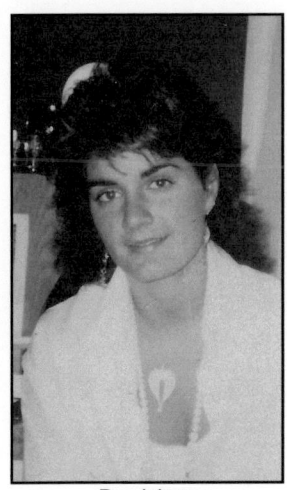

Dominique
† 14. Juli 1990

Du schaukelst ohne Steuermann
denn allen ist zu trauen
Und Männer sind nur mehr gemacht
aus Liebe zu den Frauen …

(André Heller, Miramare)

ANMERKUNGEN

[1] Andre Heller, Schattentaucher, S. Fischer Verlag GmbH, 1987, Seite 216

[2] Fjodor M. Dostojewski, Traum eines lächerlichen Menschen, Fischer TB Verlag GmbH, 1988, Seite 9 ff.

[3] Viktor E. Frankl, Das Leiden am sinnlosen Leben, Herber TB Verlag, 1987, Seite 13

[4] Nikos Kazantzakis, Die letze Versuchung, Rowohlt TB Verlag GmbH, 1988, Seite 39

[5] Friedrich Nitsche, Der Wille zur Macht, Zitatensammlung

[6] Genesis

[7] vgl. Irenäus Eibl-Eibesfeldt, Liebe und Hass, R. Piper & Co Verlag, 1989, S 149 ff

[8] vgl. Lama A. Govinda, Grundlagen tibetischer Mystik, O.W. Barth Verlag, 1988, S 253 ff.

[9] vgl. Nikos Kazantzakis, Alexis Sorbas, Rowohlt TB Verlag, 1989

[10] vgl. Ronald D. Laing , Phänomenologie der Erfahrung, Edition Suhrkamp, 1989

[11] vgl. Schrödinger Erwin, Geist und Matrie, Diogenes Verlag TB, 1989, Seite 125 ff.

[12] vgl. Roth Gehard, Das Gehirn und seine Wirklichkeit, Suhrkamp TB Verlag, 1996

[13] vgl. Olson Steve, Herkunft und Geschichte des Menschen, Berlin Verlag 2003

[14] vgl. Buchanan Mark, Das Sandkorn, das die Erde zum Beben bringt, Campus Verlag 2001

[15] vgl. Vilaynur S. Ramachandran, Die blinde Frau, die sehen kann, Rowohlt TB Verlag 2002, Seite 409 ff.

Titel „Aus dem tiefsten Tief heraus" Liedtextzeile von Herbert Grönemeyer

Titel „Wenn der Sommer nicht mehr weit ist" und „Ich hab zum Sterben kein Talent" Liedtextzeilen von Konstantin Wecker

Titel „Morgen kommt der Weihnachtsmann" Volkslied

Titel „Ich halt für dich ein Miramare bereit" Liedtextzeile von Andre Heller